LE MASQUE DE FER,

OU LES

AVENTURES

ADMIRABLES

DU PERE ET DU FILS.

DEUXIEME PARTIE.

A LA HAYE,

Chez PIERRE DE HONDT.

M. DCC. LIX.

LE
MASQUE DE FER,
OU LES
AVENTURES
ADMIRABLES
DU PERE ET DU FILS;
ROMANCE
TIRÉE DE L'ESPAGNOL.

CHAPITRE XI.

JE ne fus pas la seule qui fit attention au retour de mes charmes ; Dom Gusman d'Alnikaras , qui partageoit la faveur du Roi avec le premier Ministre , vint dîner un jour chez Menquès , & fit connoître bientôt par des

II. Part.   A

vifites fréquentes & affidues, qu'il m'avoit trouvée à fon gré. Keelmie s'interrompit dans cet endroit. Elle ignoroit que Dom Pédre & la Princeffe connuffent le Courtifan dont elle parloit : il eft effentiel, continua-t'elle, que je vous faffe le portrait de l'Amant qui va paroître fur la fcéne ; c'eft à lui à qui je dois tous mes malheurs, & il eft d'une néceffité indifpenfable, pour la fuite de mon hiftoire, que je m'arrête ici un moment.

Gufman d'Alnikaras devoit plus fa fortune à fes brigues fecretes, qu'à fon propre mérite ; fon efprit ambitieux & inquiet, lui avoit toujours fait regarder avec un œil d'envie tous ceux que la faveur du Roi avoit placés dans des poftes éminens ; non-feulement il en étoit jaloux, mais même il travailloit fans ceffe à chercher le moyen de leur nuire ; il fembloit que leur chûte dût fervir à fon élévation : plus de vingt perfonnes en place qui n'y étoient plus, auroient pû rendre témoignage de cette vérité, fi elles euffent été inftruites de la caufe fecrete de leur difgrace ; mais il fe conduifoit dans fes trames cachées avec tant de fecret & de politique, qu'il y avoit très-peu de gens qui en euffent la clef.

L'on prétendoit qu'il devoit la faveur

surprême où on le voyoit , à l'une de ses pratiques dont je viens de parler. Il avoit trouvé le secret de découvrir les relations intimes entre la Sœur du Roi & le Viceroi de Catalogne : il les avoit fait connoître au Souverain , & cette preuve de la plus noire envie , qui fut envisagée alors comme les témoignages du zéle le plus pur , fut récompensée de la place qu'occupoit le malheureux Dom Pédre. L'esprit souple , patelin , politique & complaisant de ce Courtisan envieux réussirent auprès du Monarque , & il se rendit si agréable & si nécessaire qu'il ne pouvoit plus s'en passer absolument. Il fut comblé d'honneurs , de dignités & de richesses en moins de tems qu'il n'avoit travaillé à les mériter.

Je ne fus informée des causes de l'élévation de ce Favori , que bien long-tems après. Dona Medulina n'eut garde de m'en faire part , elle avoit des vues secretes pour perdre ce Courtisan , que je n'avois garde de prévoir , & elle vouloit me faire servir à renverser une fortune qui faisoit ombrage à celle de son mari : loin de me rien dire qui pût lui faire tort dans mon esprit , elle me vanta cent qualités qu'elle lui suposa , afin que je le reçusse bien & qu'il s'engageât de plus en

plus dans mes fers. Vous ne tarderez pas
à devine rle principe de cette conduite :
fans être initiée aux myftéres d'une politique que je n'ai jamais pu aprouver,
j'en fus bientôt éclaircie : je compris peu
de tems après, par la difgrace de ce Favori, que fi l'on avoit eu pour lui des bontés, qu'elles étoient feintes, & que je
fervois de prétexte au coup fatal qu'on
vouloit lui porter.

La facilité avec laquelle Gufman pouvoit me voir, rendit bientôt fes vifites fi
fréquentes, qu'on ne tarda pas à en connoître le principe ; c'étoit ce que Dona
Medulina fouhaitoit avec ardeur : loin
qu'elle fût un obftacle à fes vues, elle lui
facilitoit au contraire, fans qu'elle parût
le vouloir, tous les moyens de m'entretenir ; de mon côté, je ne fis aucune démarche pour éviter fes vifites, dans la
réfolution où j'étois d'arracher jufqu'au
germe d'une paffion qui me devenoit de
plus en plus en horreur. Je défirois plufieurs fois intérieurement que cet amant
déclaré parvînt à m'infpirer affez de goût
pour m'aider à triompher de ces fentimens, dont je craignois quelquefois le
retour. Avec tant de facilité, il ne fut
pas extraordinaire que Dom Gufman d'Alnikaras fe prévint de la paffion la plus

férieufe : tout concouroit à la flater, il sembloit que tout fût conjuré pour fa perte, & qu'elle dût être amenée par les endroits les plus doux.

Un jour qu'il étoit à mes pieds, & qu'il m'exprimoit avec les expreffions les plus tendres & les plus perfuafives l'étendue de fon amour, l'Inconnu dont j'ai déjà parlé & pour lequel j'étois prévenue fi favorablement, entra dans l'appartement où nous étions, accompagné de Dona Medulina. Je me troublai à fa vue, fans trop fçavoir pourquoi, & je fus fâchée intérieurement qu'il fuprît Gufman à mes pieds. Cette réflexion ne dura qu'un inftant, je fus frappée de plufieurs chofes à la fois : le Viceroi de Catalogne s'étoit levé avec empreffement, étoit allé au devant de cet homme aimable dont je ne connoiffois encore ni le nom ni la qualité, avec un air foumis & refpectueux qui m'étonnérent, & qui me confirmérent dans les conjectures où j'étois que cet ami de Menquès étoit d'un rang encore plus élevé que je ne l'avois d'abord imaginé : une autre confidération qui me frapa encore davantage, fut la féchereffe avec laquelle celui dont je parle reçut le foumis d'Alnikaras ; un coup d'œil fevére répondit à ses égards soumis , & le renvoya avec un air humilié & chagrin ; mais ce qui me surprit plus que toute chose fut que le même Inconnu, au lieu de m'aborder, comme il me paroissoit convenable , prit Dona Medulina par la main , sortit avec elle & sembla l'entretenir avec un air de vivacité qui sembloit avoir des motifs importans ; ce ne fut pas sur ces dernieres remarques que je m'arrêtai essentiellement , j'étois trop piquée de ce qu'on étoit entré dans un apartement où j'étois , sans m'y faire au moins une politesse : la vanité s'offense de tout ce qui la blesse ; mais hélas ! ce n'étoit pas la vanité seule qui avoit enfanté mon dépit , un sentiment plus décisif agissoit , il ne tarda pas à se faire connoître pour ce qu'il étoit.

J'étois ensévelie dans de semblables réflexions lorsque l'Inconnu qui les occasionnoit se trouva près de moi sans que je me fusse aperçue de son retour. Vous rêvez , belle Keelmie , me dit-il , en m'abordant avec cet air noble qui m'avoit si fort prévenu en sa faveur la premiere fois qu'il s'étoit offert à mes yeux : seroit-ce être indiscret que de partager les inquiétudes qui semblent vous agiter ; si ma sensibilité pour ce qui vous touche étoit capable de vous les diminuer, j'oferois vous répondre que vous feriez bien-tôt foulagée.

Mon premier mouvement avoit été de me lever & d'éviter l'Inconnu, mon dépit m'y portoit, mais l'air dont ces paroles furent prononcées, m'adoucit pour lui ; je répondis cependant avec une forte de fierté ; j'avois fur le cœur ce qui venoit d'arriver, l'Inconnu m'en parut affligé : ferois-je affez malheureux, continua-t'il d'un air plus trifte, pour vous avoir donné lieu, Madame, de fouffrir de ma préfence. Je m'en punirois fur le champ fi je le foupçonnois, en me privant d'un bien que j'envifage comme le plus doux & le plus flateur. Vous me permettrez, repris-je avec un refte de dépit, d'en douter : eh pourquoi, belle Keelmie, m'interrompit l'Inconnu avec vivacité ? fur quoi pourriez-vous donc fonder une auffi cruelle conjecture ? Au lieu de répondre à cette queftion, je me levai & je voulus me retirer ; je fis réflexion à l'imprudence d'un reproche qui devoit donner lieu de pénétrer des fecrets qu'il me convenoit de cacher éternellement. L'Inconnu, trop éclairé, m'arrêta : je vous ai déplu, je ne le démêle que trop, ajouta-t'il, mais fi l'innocence de l'intention peut juftifier l'offenfe, je mérite grace. Permettez que je cherche à l'obtenir, je ne pourrois vivre un moment fans l'avoir méritée par le repentir le plus fincére : parlez, belle Keelmie, parlez, que j'aprenne mon crime afin de le réparer ou de m'en punir.

Ces derniers mots furent prononcés avec un air fi tendre & fi perfuafif, ou, pour mieux dire, le nouveau penchant qui commençoit à me dominer, me parla fi fort en faveur de cet aimable Inconnu, que fans m'en apercevoir je lui laiffai démêler la caufe de ma mauvaife humeur. A peine l'eut-il connue, qu'il jetta un grand foupir : que Gufman eft heureux, s'écria-t'il, fans répondre précifement à ce que je venois de lui dire ! il aime, il eft aimé... C'eft pouffer un peu loin la conjecture, interrompis-je en fouriant ; il me femble, Seigneur, que les aparences vous font décider un peu légérement. Ce Courtifan dont vous parlez, pourroit me trouver à fon gré, me le dire & foupirer à mes pieds, fans être auffi bien dans mon efprit que vous vous le figurez ; l'efclavage où je fuis réduite me met dans la trifte contrainte de fouffrir bien des chofes qui me déplaifent, & qui à dire le vrai ne devoient pas être faites pour moi. Je prononçai ces derniers mots d'un ton si férieux & si ému, que l'Inconnu parut étonné : je ne crois pas, me dit-il, en me regardant avec un air que la vérité rendoit perfuafif, que l'intention du Roi foit que quelqu'un ici vous défoblige, & manque au refpect qu'il vous doit : je pourrois même vous en répondre & vous l'affurer : & fi vous vouliez bien avoir affez de confiance en moi, pour me faire part des fujets que vous avez de vous plaindre, ou me nommer ceux qui font affez hardis pour y avoir donné lieu, j'oferois me flater, je vous le répete, de trouver les moyens d'y mettre ordre, & de vous procurer la fatisfaction que vous pourriez défirer.

Je répondis à ce difcours avec complaifance ; il étoit trop flateur, pour ne pas achever de m'ôter de l'efprit la mauvaife humeur à laquelle lui-même avoit donné lieu : je ne fçai pas même fi l'entretien ne feroit point dévenu plus vif, fans l'arrivée de Dona Medulina ; j'étois dans des difpofitions affez favorables pour que cela pût être amené. La converfation changea & roula fur des matiéres indifférentes : l'Inconnu la foutint avec beaucoup d'efprit. Que vous dirai-je de plus ? ce jour décida de tout. L'image de mon Pere fut entiérement effacée de mon cœur, & à sa place celle de l'Inconnu s'y grava profondément.

Je fus trois jours sans le revoir, & il falut toute ma réserve pour qu'on ne s'aperçût pas de l'inquiétude que cette absence me causoit ; j'eus la bouche ouverte vingt fois pour demander à Dona Medulina ce qu'étoit devenu ce trop cher Inconnu : je rougis mille fois de la vivacité de ce nouveau penchant ; mais quand je me rapellois que c'étoit peut-être à lui que j'étois redevable de la fin d'une passion criminelle, je m'en aplaudissois, & je m'abandonnois à la douceur d'être aimée d'une homme qui me paroissoit si digne de mes sentimens.

Ces réflexions étoient suivies de plusieurs autres, j'avois lieu de soupçonner qu'on me cachoit la qualité de l'Inconnu, & qu'il étoit d'un rang plus élevé que celui sous lequel il paroissoit à mes yeux : quelquefois mes idées se portoient en sa faveur à ce qu'il y avoit de plus grand, je n'imaginois rien de trop à ce sujet : ensuite je me demandois les motifs qui l'obligeoient à me celer son véritable état, quelles pouvoient en être les raisons ; captive comme je l'étois, je ne voyois pas qu'on eût lieu de me craindre ou de me ménager.

Sur la fin du troisieme jour, Menquès me demanda à table, si je me trouvois difposée à faire un petit voyage à quelques lieues de la Ville, dans une de fes Terres, où l'on pafferoit quelques jours, en m'affurant que l'air de la campagne feroit favorable à ma fanté ; je lui répondis qu'en attendant ma liberté, je me trouverois toujours bien où Dona Medulina & lui feroient. Cette politeffe m'en attira beaucoup dautres ; ils me jurérent à cette occafion qu'ils m'étoient fort attachés, & qu'ils iroient toujours au-devant de tout ce qui pourroit me flater.

Le lendemain nous partîmes, je fus furprife en arrivant à la Terre dont on m'avoit parlé, de la magnificence du Palais & des ameublemens ; j'avois vu en Angleterre les Maifons Royales, & je convins en fecret que celle où je me trouvois ne leur cédoit en rien. On juge de la grandeur des Rois par celle de leurs Sujets, & cette confidération me donna des idées de celle du Roi d'Efpagne, à laquelle le préjugé de ma Nation s'étoit opofé jufques-là.

L'apartement où je fus conduite après

le fouper pour me repofer, étoit fi bril-
lant & fi fuperbement décoré, que je
ne pus m'empêcher d'en marquer ma
furprife. Il n'y a rien dans ce Royaume
d'affez beau, me dit flateufement Dona
Medulina, qui ne foit encore fort au-
deffous de ce que vous méritez ; on vou-
droit bien tâcher de vous faire oublier
votre patrie, ou de vous rendre au moins
fuportable votre captivité. Je fus fenfible à ce difcours, je répondis avec politeffe, & nous nous quittâmes, la femme
du Miniftre & moi, après nous être fait
beaucoup d'amitié.

J'avois à ma fuite deux femmes qui
avoient été prifes avec moi, & qu'on
m'avoit laiffées ; l'une étoit ma Gouvernante, & l'autre une fille de condition,
qui, par les rigueurs d'une fortune aveugle, s'étoit trouvée trop heureufe d'entrer
auprès de moi : je l'aimois beaucoup ;
elle avoit une forte de caractére qui
fimpatifoit avec le mien, & je faifois
mon poffible pour lui rendre furportable
fa condition : tant que j'avois aimé mon
Pere, elle n'avoit point eu ma confiance, je l'eftimois trop pour avoir à rougir
devant elle de pareils égaremens ; mais il
n'en avoit pas été de même de mon
penchant pour l'Inconnu, je lui en avois

fait

fait part, & il ne s'étoit point paſſé de jours depuis ce tems-là, que nous ne nous en fuſſions entretenues.

Dès que Dona Medulina ſe fut reti-rée, je lui demandai ce qu'elle penſoit des égards diſtingués qu'on avoit pour moi, & de la magnificence qui nous en-vironnoit; je ne ſçai, me dit-elle, mais tout cela me paroît au-deſſus de la gran-deur d'un premier Miniſtre; il m'eſt ve-nu à ce ſujet des idées dont j'ai eu en-vie de vous faire part, & qui ſont rela-tives à tout ce que je vois; je ne puis m'empêcher de les trouver vraiſembla-bles : je demandai avec empreſſement à Clémélie, c'étoit le nom de cette ai-mable fille, quelles étoient ces idées ? Qu'un grand Prince eſt amoureux de vous, reprit-elle; que ce Palais lui apar-tient, que Dona Medulina eſt ſa Confi-dente, & que l'Inconnu pour lequel vous êtes ſi favorablement prévenue, eſt ce-lui-là même que je ſoupçonne qui veut tout employer pour parvenir à votre poſ-ſeſſion.

Cet aveu me ſembla ſi conforme à mes propres idées, que je n'en fus pas ſurpriſe; mais pourquoi ſe cacher, lui dis-je ? je n'ai point aſſez maltraité cet Inconnu charmant, pour l'obliger à prendre tant

de précaution ; d'ailleurs qui l'empêche-
roit de m'adreſſer des vœux publique-
ment ? ah ! Madame, que dites-vous ,
interrompit cette fille ſpirituelle ? igno-
rez-vous qu'il n'eſt pas permis à la Cour
d'aimer ſelon ſon goût , & que la politique a droit juſques ſur nos cœurs ? plus
le Prince qui vous aime eſt au-deſſus
des autres , & plus il eſt ſujet à ce tyran-
nique uſage.

Le Roi d'Eſpagne hait les femmes ,
du moins on le dit : cela ſuffit pour que
ce qui l'environne paroiſſe ne les pas aimer ; ce ſeroit un crime que d'en uſer
autrement , & voilà ſans doute la raiſon
pour laquelle votre Inconnu aporte tant
de précautions pour que ſon ſecret ne ſoit
point divulgué.

J'étois à ma toilette pendant ce diſcours.
Clémélie en cherchant quelque choſe dans
un carré , y trouva une petite boëte gar-
nie de pierreries, à laquelle pendoit une
clef : elle me la montra ; nous l'ouvrîmes,
elle renfermoit un bijou garni de diamants
dont l'éclat nous ſurprit, avec une lettre,
& un écrin des plus belles pierreries. Vous
verrez que ceci eſt une galanterie de votre Inconnu, s'écria ma Confidente : liſez
la Lettre , Madame, elle vous inſtruira,
& nous découvrira peut-être le ſecret

que nous avons tant de peine à deviner.

Ce secret m'intéressoit trop vivement
pour hésiter à décacheter la lettre : elle
étoit conçue dans ces termes.

L E T T R E.

*Souvenez vous , Madame , d'un hom-
me qui vous aime & qui ne peut vivre
sans vous ; des devoirs indispensables m'ont
privé de la douceur de vous le dire moi-même ; & des raisons dont vous serez instruite
un jour m'obligent à ne plus vous voir à la
Ville ; si vous prenez quelqu'intérêt à un
Amant qui n'a jamais aimé que vous , je
m'en apercevrai par le séjour que vous ferez
à la Campagne. Ce séjour me laissera entrevoir que ma présence ne vous déplaît point,
& je vous y ferai ma cour le plus souvent
que je le pourrai.*

Je relus cette lettre deux fois: elle me
donna bien à penser : sçavez-vous bien ,
Clémélie , dis-je à ma Confidente , que
ceci devient sérieux. Par ce que je viens
de lire , il sembleroit que je ne suis point
chez Menquès, & il ne me convient point
d'être ailleurs ; sur cette idée, je voulois du
même pas , quoiqu'il fut fort tard , faire

demander une conférence à Dona Medulina ; mais ma Confidente me raſſu-
ra , en me faiſant entendre qu'étant avec
la femme du premier Miniſtre , je ne devois avoir aucune inquiétude , & que ce
n'étoit point à moi à faire paroître que
je ſoupçonnaſſe rien , dans la crainte qu'on
n'interprétât différemment ma démarche :
je me rendis à cet avis , bien réſolue cependant de me tenir ſur mes gardes , de
maniere que je n'euſſe rien à craindre
pour ma réputation.

Le portrait étoit frapant , c'étoit celui
de l'Inconnu ; je ne pus m'empêcher de
l'examiner avec plaiſir : ſans cet air de
triſteſſe répandu dans cette phiſionomie
noble , s'écria Clémélie , ce viſage ſeroit
accompli. Je convins de cette remarque ;
& en parcourant tous les traits , nous en
fimes pluſieurs autres qu'il me ſemble inutile de raporter.

Tout intéreſſe & tout plaît lorſque
l'eſprit eſt agité par l'amour : je repris
une troiſiéme fois la lettre ; je la relus ,
& à chaque mot nous la commentâmes ;
nous trouvâmes deux endroits qui donnérent matiére à bien des réflexions de notre part ; ces mots *de devoirs indiſpenſa-*
bles qui privoient l'Inconnu de me dire lui-
méme qu'il m'aimoit , & ces raiſons de ne

point me voir à la Ville , me jettérent dans une rêverie profonde. Quels étoient ces devoirs indifpenfables ? en eft-il qui empêchent un Amant de voir ce qu'il aime ? Qui , des affaires ou d'un objet chéri, doit avoir la préférence ? je voulus tourner les expreffions de la lettre au défavantage de mon Amant ; j'étois piquée de tant de ménagemens ; j'étois même affez vaine pour me perfuader que je valois bien un facrifice entier : Clémélie prit le parti de l'Inconnu , & je ne pus lui en fçavoir mauvais gré.

Une mufique délicieufe qui fe fit entendre au bas de mes fenêtres , interrompit notre entretien. Clémélie qui étoit vive , fe leva , & fut les ouvrir ; je vis d'un canapé où j'étois , à la lueur d'un nombre prodigieux de flambeaux , que la Terraffe étoit couverte de Muficiens : les airs & les paroles qui furent chantés me firent treffaillir , & me portérent à une douce rêverie : ah ! m'écriai-je , que les foins d'un Amant qui plaît font féduifans ; ma Confidente étoit à mes pieds , & la cruelle , par fes difcours , entretenoit ma langueur.

Une partie de la nuit fe paffa de cette maniére ; il faifoit une chaleur fi grande , que quoique la mufique fut ceffée , je ne pus me réfoudre à me choucher. Nous continuions Clémélie & moi de nous entretenir de l'Inconnu, lorfque nous entendimes quelqu'un tourner affez près de nous ; la nuit infenfiblement difparoiffoit, & on commençoit à difcerner les objets ; ayant avancé la tête, je reconnus un homme qui aprochoit avec beaucoup de précaution de l'endroit ou nous étions ; je crus d'abord que c'étoit l'aimable Inconnu, mais je m'étois trompée, c'étoit Dom Gufman d'Alnikaras. *Je n'ai que le tems de vous aprendre, belle Keelmie*, me dit-il d'une voix baffe, dès qu'il m'eut entrevue, *que je fuis au défefpoir ; que mon amour pour vous durera autant que ma vie, & que l'on a la cruauté barbare de tirannifer mes deffeins : cette lettre vous dira le refte.* En achevant ces mots, il la jetta dans mon apartement, & fe retira avec une vîteffe dont il ne me fut pas difficile de concevoir la caufe, après que j'eus lu la lettre fuivante, qui me caufa, comme il eft aifé de l'imaginer, une furprife dont je fus fort long-tems à revenir.

LETTRE *de Dom Gusman d'Alnikaras à la divine Keelmie.*

Depuis que le Roi m'a surpris à vos pieds , belle Keelmie , je meurs mille fois sans mourir ; je regrette moins l'exil auquel je viens d'être condamné , que je ne souffre du suplice d'être obligé de m'éloigner de vous ; il ne m'est pas difficile de concevoir que le Monarque vous aime, & que, jaloux d'un trésor plus précieux que sa Couronne , il m'éloigne pour se défaire d'un Rival malheureux : je pars pour mon Gouvernement, le désespoir dans l'ame... Quoi ! je ne vous verrois plus.... non non , belle Keelmie , ma passion m'est plus chere que ma faveur ; je sacrifierai tout pour vous revoir un jour, & pour vous rendre une liberté qui doit vous être chere , & qu'on vous a ravie injustement ; je ne vous en dis pas davantage : rien n'est capable de me consoler que ce flateur espoir ; si je ne puis réussir à vous rendre un tel service , ne me sera-t'il pas permis d'espérer ?

Gusman d'Alnikaras , Viceroi de Barcelone.

Voilà donc l'énigme dévoilée, s'écria ma Confidente en se jettant à mes pieds avec transport ; c'est donc un grand Roi qui vous aime. Ah ! Madame, il mettra infailliblement sa Couronne à vos pieds ; je vous verrai bien-tôt Reine. Ne parlez point si haut, interrompis-je avec inquiétude, & revenant d'une espéce de saisissement qui m'avoit surpris en découvrant le secret ; tout ici m'est suspect, je tremble que…. Eh ! de quoi pouvez-vous trembler, répartit ma vive Confidente ? vous êtes adorée du Souverain de ces Climats ; ici tout fléchit sous ses loix & respire sa puissance : il est tendre, délicat, & en use avec les ménagemens les plus étudiés. Soupçonneriez-vous que son amour eût des vues qui pussent allarmer votre vertu ? Je n'en sçais rien, Clémélie, repris-je avec agitation ; je n'ai encore aucun sujet de me flater, mais l'aventure me paroît si surprenante & si peu vraisemblable, qu'il est besoin que je la médite profondément.

Le reste de la nuit se passa en de semblables discours ; je reposai fort peu. Le lendemain Dona Medulina vint me voir ; j'étois encore au lit, elle me confirma ce que la lettre de Gusman m'avoit apris la veille. Je feignis une surprise extrême, & pour pénétrer cette femme adroite, je reçus cette nouvelle avec beaucoup de ménagement. Elle me parut fort surprise de l'indifférence que je marquois sur cet article : pensez-vous bien, me dit-elle, aux avantages que retire une femme que le Roi distingue de toutes les autres par son amour ? sçavez - vous bien que le Prince dont il est question n'a jamais aimé ; qu'il étoit prévenu au contraire contre notre sexe, & que le miracle que vos charmes ont opéré va vous rendre la plus heureuse de toutes les femmes du Royaume. Ah ! Keelmie, ajouta-t'elle en m'embrassant, que j'en connois qui envient la félicité qui vous est préparée : combien d'éforts frivoles n'ont-ils point été mis en usage pour occuper la place qui vous est destinée ! Je vois toutes les Espagnes à vos pieds ; vous allez faire ses destins ; le Courtisan souple & pliant sera sans cesse dans votre antichambre, & mendiera l'honneur de vous aprocher. Les premiers Ministres, les Princes du Sang même, tout enfin vous sera soumis : les Cours voisines vous feront mille présens : en un mot, une Maîtresse du Roi décide en Souveraine, tout fléchit sous sa loi.

A peine laissai-je à Dona Medulina le

tems d'achever ce difcours. Quoi ! Madame, m'écriai-je avec un dépit dont je fus à peine la maîtreffe de contenir le reffentiment, vous me croyez capable de me laiffer féduire par de telles propofitions ? quoi ! vous avez affez mauvaife opinion de Keelmie, pour la foupçonner d'acheter la faveur par des moyens auffi bas ? Non non , je périrois plutôt mille fois ; le nom feul de Maîtreffe me révolte , me paroit effroyable , & je ne fçais fi l'affront de l'entendre prononcer à mon fujet , n'eft pas feul fuffifant pour me déshonorer. Ah Ciel ! mes malheurs ont-ils mérité une telle ignominie ? moi , j'aurois la lâche complaifance d'écouter un Prince , dont les foins ne tendroient qu'à me couvrir de honte , & à m'ôter une réputation qui m'eft plus chere que la vie ! ah ! Madame, fe peut-il que vous ayez pu me faire envifager de telles horreurs ? mon eftime pour vous ne mériroit pas que vous me miffiez à de telles épreuves : que vous ai - je fait , grand Dieu ! pour travailler à ma perte ; fi vos bontés pour moi fe réduifent à cet odieux point , qu'elles ceffent : je préfére votre haine à tout ce que votre amitié à de plus doux & de plus flateur.

Les pleurs me suffoquérent dans cet endroit, & je penfai m'évanouir.

Qui vous dit, s'écria Dona Medulina, en me retenant entre fes bras, que je fonge à de telles horreurs ? m'eftimez-vous affez peu pour m'en croire capable ? Pourquoi avez vous faifi un mot dont je n'ai point entendu comme vous la fignification ? en vous parlant des avantages d'une Maîtreffe du Roi, je n'ai pas prétendu vous dire que vous le feriez dans le fens qui vous révolte avec tant de raifon : fi je me fuis fervi d'un terme impropre, je m'en repends, & je vous en fais mille excufes : je vous confidére trop, & je me refpecte trop moi-même pour que ma façon de penfer puiffe dégénérer à ce point. Maîtreffe du Roi, comme je l'ai entendu, vouloit exprimer une perfonne de votre mérite, que la vertu doit conduire au Trône, & dont le vice au contraire l'en exclut pour jamais : m'entendez-vous à préfent, ajouta l'adroite Dona Medulina, s'apercevant que le détour me ramenoit infenfiblement ? Nos idées fe raprochent - elles ? après cette juftification, ne m'en devez-vous pas une vous-même pour m'avoir foupçonnée fi vîte d'un crime que des femmes de ma forte ne font pas faites pour concevoir ? oui crime , dont l'idée même ne peut pas tomber fous les fens.

Après ce difcours , Dona Medulina s'étendit fur le mérite du Roi d'Efpagne , me vanta la bonté de fon caractere , fa générofité , fa valeur ; mais elle s'attacha particuliérement à me faire valoir fon eftime & fa confidération pour moi : fans me rien dire de pofitif fur les vues d'une paffion dont elle me félicita , elle me fit entendre que le Trône en feroit tôt ou tard l'objet , & que dans la perfuafion où elle en étoit, affuroit-elle , elle me préparoit d'avance à reconnoître fon zéle ; elle me demanda enfuite avec le ton le plus refpectueux que je lui confervaffe l'honneur de mes bonnes graces , en me priant de me rapeller , lorfque je ferois Reine , qu'elle avoit été la premiére qui m'eût rendu fes hommages. De pareilles conjectures & de tels propos n'étoient-ils pas bien capables de m'apaifer , & de m'infpirer de la confiance pour une perfonne qui paroiffoit s'intéreffer avec tant d'empreffement pour moi ?

Cependant ces idées , quelques flateufes qu'elles fuffent , ne m'aveuglérent point pour me faire perdre un moment de vue l'objet de ma réputation,

Avant que Dona Medulina me quittât, je lui demandai chez qui j'étois, en lui faisant comprendre qu'en cas que je fusse chez le Roi, je n'y resterois point sans elle; je fus encore rassurée sur ce point. Elle me protesta qu'elle veilleroit elle-même à mon honneur, & que dès qu'on avoit tant fait que de me confier à ses soins, qu'elle m'en répondoit comme du sien même, & que je connoîtrois par expérience combien elle en étoit jalouse, & à quel point elle étoit délicate sur ce chapitre.

Tant d'assurances réitérées me donnérent de la confiance, & redoublérent ma confidération pour la femme du premier Ministre : nous nous séparâmes de la meilleure intelligence du monde; elle me dit en partant qu'elle ne doutoit point que le Roi ne me rendît une visite le même jour, & je ne fus point fâchée d'aprendre une nouvelle qui ne m'étoit pas indifférente; je n'en laissai rien paroître, mais je m'en félicitai intérieurement.

Je ne feindrai point d'avouer ici ma foiblesse; dans la confiance d'une visite aussi respectable que celle dont il étoit question, j'employai tout l'art de ma Toilette pour donner à mes charmes le relief qui pouvoit leur être le plus favorable. Clémélie qui m'aidoit de fon goût & de fon adreffe à les faire valoir, me dit flateufement que fi le Roi m'avoit aimé dans le négligé que je n'avois pas quitté depuis ma captivé, que brillante comme je l'étois, il m'alloit adorer. Dona Medulina, & plufieurs autres perfonnes de qualité qui fe trouvérent à dîner, me tinrent à peu près les mêmes difcours ; quelque raifonnable que j'aye été fur ma figure, je conviens de bonne foi qu'ils ne me déplurent point, & qu'ils me tinrent dans une forte d'humeur qui donnoit encore de l'agrément à mon vifage : rien ne pare tant que la gaieté.

Cependant le jour étoit prefque paffé, que le Roi n'arrivoit point ; je m'en inquiétai plus que je ne l'aurois dû ; je ne fçavois point que ce retard étoit un artifice ; comme je ne me défiois point que Dona Medulina m'examinoit, je ne cachai point l'inquiétude que cette attente me caufoit ; la femme du premier Miniftre, fans paroître y faire attention, me dit qu'il falloit qu'il fût furvenu quelque Courier au Monarque, dont les dépêches importantes le retenoient dans fon Cabinet. Elle prit cette occafion pour me parler de la guerre, & pour me vanter orgueilleufement fa Nation ; je n'eus garde de contredire la vanité avec laquelle elle enfla de certains détails; il me sembloit qu'à la veille de l'éclat qui m'étoit préparé, je devois aplaudir ou me taire, afin de ne point mettre d'obstacle au sort qu'on me destinoit.

Le son des cloches nous ayant averti que le Roi s'aprochoit du Château, Dona Medulina proposa à la compagnie d'aller sur la terrasse pour le voir arriver; je la suivis avec un peu d'émotion; plus de cent flambeaux portés par des Pages m'eurent bientôt fait reconnoître le Roi; il étoit suivi d'une nombreuse Garde. A ce coup d'œil mon cœur tressaillit; le Monarque montoit un cheval plus blanc que la neige; & en passant devant nous, il nous salua avec une noblesse qui m'enchanta; son abord noble m'étonna : il est vrai que le préjugé décide d'une partie de nos mouvemens. Tant que ce Prince ne s'étoit offert à mes yeux que comme un homme ordinaire, je n'avois fait simplement que rendre justice à sa bonne mine & à sa figure : il se montre en Roi, je suis séduite par l'éclat qui l'environne : le respect gêne ma franchise, je ne suis plus la même; il a repris sa dignité, je perds la mienne, voilà l'effet de la prévention.

A peine le Roi m'eut-il abordée, que tout le monde se retira à l'écart ; je m'en aperçus & j'en rougis : si je perdis une partie de mes droits en le recevant comme Souverain, il augmenta les siens : je lui avois vu jusques-là autant de respect que d'amour, il conserva ce même respect ; mais sa passion ne se soutint pas avec les mêmes ménagemens ; l'Amant n'étoit plus seul, il étoit secondé du rang qui l'environne ; j'étois aimée plus que jamais, mais on m'aimoit en Roi qui veut profiter de ses avantages. En vain je travaillois à regagner ceux que j'avois perdus, le Roi comme un vainqueur certain, me pressoit de plus en plus ; & s'il descendoit jusqu'aux suplications, ce n'étoit que pour parvenir plus aisément aux fins qu'il s'étoit proposées.

Le premier jour je me défendis de ses transports ardens, par les moyens les plus propres à mettre le Prince au ton où je le souhaitois ; il parut d'abord se rendre avec complaisance à mes désirs, & j'eus lieu de croire le lendemain que je parviendrois à contenir la vivacité de son amour ; mais deux jours après je commençai à me défier de ses vues, & de celles de la perfide Dona Medulina. J'étois encore dans la bonne foi, je ne tardai pas

à comprendre que je balançois au bord
du précipice, & que, sans un effort surna-
turel, il étoit presque impossible que je
pusse me garantir d'y tomber.

Le Roi devoit donner une fête, où il
ne seroit invité que les personnes en qui
il avoit le plus de confiance. Dona Medulina, qui me parloit sans cesse de mon
Amant, & qui, lorsque je me plaignois
de ses transports peu ménagés, les excu-
soit de l'amour le plus tendre & le mieux
inspiré, me dit que la liberté du Bal mas-
qué me donneroit lieu, si je le voulois,
d'éprouver la passion du Prince ; j'aprou-
vai fort cette ouverture, & l'idée m'en
charma : je lui demandai avec empressement ce qu'elle avoit imaginé à ce sujet ;
elle me dit que son projet n'étoit pas encore dirigé, mais que je m'en raportasse
à elle, & qu'elle ne doutoit pas de l'effet
heureux qu'il produiroit.

J'avois beau me reprocher vingt fois
par jour mes complaisances pour le Roi,
je ne pouvois prendre sur moi de le traiter
avec une certaine rigueur ; souvent je mé-
ditois un parti, tantôt je voulois offrir de
la part de mon Pere une rançon pour faire
cesser ma captivité ; une autre fois je pre-
nois la résolution d'écrire au Prince, & de
lui signifier que je me porterois aux der-

nieres extrêmités , s'il me parloit davantage d'un amour dont il ne m'étoit plus
permis d'entendre la voix : dans d'autres
tems , je fongeois au malheureux Gufman d'Alnikaras ; & lorfque ma vertu l'em-
portoit fur mon goût , je défirois qu'il ef-
fectuât la parole qu'il m'avoit donnée de
me procurer ma liberté ; mais à quoi ces
vains combats aboutiffoient-ils ? Une vifi-
te du Prince décidoit ; ils ceffoient , &
femblables aux fonges enfantés par le
fommeil , le jour & le réveil en faifoient
difparoître jufqu'au fouvenir.

CHAPITRE XII.

LA veille du jour que le Roi devoit
donner le Bal dont j'ai parlé , Dona
Medulina me dit fur la fin de la jour-
née que j'écartaffe mes femmes , & qu'elle fçavoit des chofes importantes qu'elle
me réveleroit à mon coucher ; elle ajouta que j'aurois lieu d'être fatisfaite des
bonnes nouvelles qu'elle me diroit , &
que de la maniére qu'elle fçavoit que je
penfois , elle ne doutoit point de la joie
que j'aurois en les aprenant , c'étoit plus
qu'il n'en falloit pour m'intéreffer. Je

lui promis d'être feule , & j'attendis ce moment avec une impatience extrême.

Deux heures après que Dona Medulina m'eut fait cette confidence , il arriva pour dîner plufieurs femmes de la Cour que je n'avois point encore vues : je demandai, fans un autre intérêt que celui de la curiofité ordinaire , qui étoit une jeune perfonne dont l'éclat m'avoit charmé : la femme de Menquès me la nomma avec un air myftérieux : examinezlà bien, me dit-elle , elle entrera pour quelque chofe dans la confidence que je dois vous faire ce foir. Ce que je puis vous dire en attendant , c'eft que je ne doute pas que le Roi ne nous honore dans peu de fa préfence ; perfuadée de ce que je vous dis , je vais donner des ordres , afin que je ne fois pas furprife comme je le ferois infailliblement.

Un coup de poignard , & ce difcours fut la même chofe : je compris que j'avois une Rivale , & que c'étoit cette belle perfonne qui venoit d'arriver : fans la fierté qui vola à mon fecours , j'aurois donné des marques publiques de mon trouble & de ma douleur ; je la dévorai pourtant avec toute la politique dont je pouvois être capable , & après quelques momens de méditations , je foutins l'en-

tretien général avec affez de liberté pour
que je ne puffe pas être foupçonnée d'aucune altération.

Plus j'attachai mes regards fur la perfonne dont m'avoit parlé Dona Medulina , & plus je la trouvai digne de m'enlever le cœur du Roi ; fans cette fatale
confidération je l'aurois aimée affurément ;
elle avoit une douceur dans la phifionomie, & elle prévenoit tellement , qu'il
étoit prefque impoffible de la connoître
fans lui vouloir de l'eftime ; mais , que
dis-je , peut-on chérir une Rivale ? on
ne pardonne point à des charmes qui
enlevent un Amant : c'eft ce que dans
la fupofition j'éprouvai fur le champ.

Le Roi qui arriva quelques inftans
après , & qui me parut en entrant d'une
gaieté que je me perfuadois ne lui avoir
jamais vu , acheva de me troubler entiérement : on fe flate toujours ; j'efpérois que la conjecture de la femme du
premier Miniftre n'auroit pas lieu , & je
défirois avec autant d'ardeur d'être privée
pour ce jour de la préfence du Monarque , que j'avois eu d'impatience dans
d'autres tems à le voir arriver. Je ne dou-
tois pas de mon malheur ; mon amour (car
je ne feins point d'appeller de ce nom
des préventions trop profondément gra-

vées dans mon cœur,) mon amour, dis-
je, se révolta d'une préférence à laquelle
je ne m'étois point attendue. Cependant,
malgré l'agitation où je me trouvois,
cette fierté de sentimens auroit encore
soutenu cet assaut ; mais je ne pus tenir
contre des procédés auxquels je n'étois
point accoutumée. Le Roi ne manquoit
jamais, lorsqu'il arrivoit, de venir à moi,
de me demander des nouvelles de ma
santé, de me dire des choses flateuses sur
ma beauté, & de me parler de sa paf-
sion, & cela avec un empressement qui
me séduisoit. Pour ce jour, il en usa tout
différemment ; il me fit une politesse froi-
de, & passant devant moi ne me dit rien du
tout ; il aborda avec un air vif & con-
tent cette belle personne dont j'avois tout
lieu de me défier ; il la tira vers une
croisée, je n'en vis pas davantage : mes
esprits s'étoient glacés dès les premières
démarches ; ils ne purent les soutenir, &
je perdis entièrement l'usage de tous mes
sens.

Clémélie m'assura dès que je fus re-
venue de ma foiblesse, que j'avois été
dans cet état pendant vingt-quatre heures,
& qu'on avoit désespéré de ma vie : mon
premier soin fut de m'informer des sentimens du Roi dans cette occasion. Elle

me répondit qu'elle avoit été si effrayée
de ma situation , qu'elle n'avoit pas été
en état de songer à autre chose ; j'en
soupirai : mon amour pour ce Prince vo-
lage & cruel étoit parvenu à son dernier
point ; je ne pouvois me consoler de son
infidélité ; & comme j'avois une parfaite
confiance en ma Suivante , je ne contrai-
gnis point mes pleurs devant elle , ni
je ne lui dissimulai point ce qui les occasionnoit.

J'apris cependant que la fête qui avoit
dû se faire le lendemain du jour que je
m'étois trouvée mal, n'avoit pas eu lieu,
& que le Roi l'avoit remise jusqu'à ce
que je fusse en état de m'y trouver. Je
saisis avec empressement ce moyen de
me flater ; je conçus que je n'avois pas
entiérement perdu la considération du
Prince , puisqu'il avoit été capable de ce
ménagement.

Mais Dona Medulina, qui jugea deux
jours après que j'étois en état de soutenir de nouveaux assauts , me confirma
l'infidélité du Roi , & cela en me mar-
quant une si grande douleur de me voir
sacrifiée à une Rivale, que je ne doutai
point de mon malheur : je parvins cependant à dévorer ma douleur ; la hau-
teur de mes sentimens reprit le dessus , &

me fit concevoir que dans une fembla-
ble occafion il falloit prendre un parti,
& donner à connoître au Roi que j'é-
tois infenfible à fon changement.

On remet toujours dans de femblables
cas à fe décider entiérement ; il en coûte
trop pour ne pas différer à prendre un
parti ; j'imaginai, pour mieux perfuader
mon indifférence fupofée, qu'il me convenoit d'être de la fête & d'attendre une
occafion moins bruyante pour demander
au Roi ma liberté : c'étoit le coup fatal que je devois lui porter ; je me perfuadois que s'il me l'accordoit, qu'il ne
m'aimoit plus, & que je devois retourner
dans le fein de ma patrie & y chercher
le repos qui m'avoit été ôté ; je penfois
au contraire que s'il me la refufoit, je
pouvois foupçonner qu'il ne m'avoit pas
entiérement oubliée ; que le goût qu'il
avoit pour ma Rivale étoit paffager, &
que je reprendrois l'empire qu'elle m'a-
voit enlevé.

Je fis part à Clémélie de ce projet &
elle l'aprouva ; je lui communiquai auffi
l'idée de Dona Medulina, qui perféveroit
dans le deffein dont elle m'avoit parlé,
pour être inftruite, prétendoit-elle, des
penfées les plus fecretes du Roi à mon
fujet, & elle s'en défia. Elle avoit de la

femme du premier Miniſtre une opinion
peu favorable ; les ſuites ne me prouvé-
rent que trop qu'elle ſe connoiſſoit en
caractére , & quelle avoit bien jugé de
celui de Dona Medulina.

Le lendemain le Roi nous honora de
ſa préſence ; il me parut moins froid
pour moi que la derniere fois ; mais je
vis dans ſes façons un air d'inquiétude
& d'embarras, qui , dans la prévention
où j'étois de ſon infidélité , m'en fit at-
tribuer la cauſe au regret d'être éloigné
de ma Rivale ; cette idée me rendit fort
triſte : je fis mes efforts pour me ſurmon-
ter , & avec un peu d'attention je parvins à ſoutenir la préſence du Prince avec
aſſez de politique , pour qu'il ne pût ſoupçonner ce qui ſe paſſoit dans mon cœur.

Mais ce qui m'étonna le plus de cette
viſite , fut que Dona Medulina , contre
ſon ordinaire , ne me laiſſa point ſeule
avec le Roi. Je démêlai au contraire
qu'elle étoit attentive à empêcher qu'il
ne me parlât en ſecret , & il me ſembla même qu'il en avoit eu envie plus
d'une fois.

Cette conduite me ſurprit après les procédés obligeans qu'elle avoit eus pour moi.
Elle me donna même de la défiance ; je
réſolus d'examiner de près cette femme ,

&

& cet examen ne me fut pas inutile : il servit à me faire comprendre que Dona Medulina employoit l'artifice pour venir à ses fins. Je découvris que le Roi n'avoit feint d'en aimer une autre que pour sonder plus aisément dans mon cœur. Un entretien secret que je surpris avec adresse, éclaircit tous mes soupçons, & me donna lieu de prendre un parti auquel je n'aurois peut-être jamais recouru.

Oserai-je entrer dans le détail d'un projet conçu pour me faire perdre ce que j'avois de plus cher dans la vie ? Non, de quelques termes que je puisse me servir, il me seroit impossible de le rendre sans blesser ma pudeur ; il suffira que j'aprenne que la perfide Dona Medulina buttoit à me livrer au Roi, & que ce Prince amoureux ne désaprouvoit pas ce dessein.

La fête dont on a parlé en étoit le prétexte ; elle devoit se donner sur la Riviere ; le Bateau sur lequel j'aurois été avec le Roi, Dona Médulina & des personnes de confiance, seroit échoué par une machine construite exprés ; on auroit relâché dans une péninsule, où une petite maisonnette préparée auroit servi de théâtre à mon infortune. La femme de Menquès avoit ourdi cette odieuse trame ;

le fuccès en étoit infaillible : fans le Ciel
qui m'en découvrit miraculeufement la
noiceur , il étoit impoffible que j'écha-
paffe au malheur qui me menaçoit.

Je diffimulai , & , de concert avec ma
Confidente , je feignis de retomber ma-
lade , afin d'avoir le tems de recevoir la
réponfe d'une lettre que j'écrivis à Dom
Gufman d'Almikaras : je lui mandois les
rifques que je courois ; je l'apellois à mon
fecours en lui propofant de m'enlever &
de me conduire dans ma Patrie ; je lui pro-
mettois ma main pour prix de cette entreprife , en lui faifant comprendre que
mon Fere touché d'un fervice auffi effentiel , non-feulement y confentiroit , mais
trouveroit encore les moyens de le faire
indemnifer par le Roi d'Angleterre , près
duquel il étoit en faveur , de tout ce qu'il
perdroit en s'éxilant pour jamais de fa
Patrie : enfin ma lettre étoit touchan-
te & patétique , j'avois lieu de croire
qu'elle feroit l'effet que je m'en promet-
tois.

Dona Medulina étoit trop pénétrante
pour être la dupe de ma feinte indifpo-
fition ; elle fit part fans doute de fes foup-
çons au Roi. A ce fujet il venoit tous les
deux jours la voir , & elle avoit fans ceffe
des conférences avec lui ; Clémélie qui ,

fans qu'il y parût, avoit l'œil à tout ce qui fe paffoit, me rendoit compte de ce qu'elle aprenoit. Un des Officiers des Gardes du Prince étoit devenu amoureux d'elle, & par fon canal elle furprenoit de tems en tems des difcours qui avoient raport à moi. Elle vint me faire part un foir d'une nouvelle qui me donnoit beaucoup d'inquiétude & d'embarras.

Le Roi, felon le raport de l'Amant de cette fille, devoit trois jours après arriver de bonne heure au Château, y dîner, & feindre de s'en retourner à Madrid avec fa fuite; mais il devoit rentrer dans la Maifon à l'entrée de la nuit par le Parc, accompagné du feul Officier à qui il faifoit cette confidence. Le but de l'indifcrétion de cet homme, étoit d'engager fa Maîtreffe à lui donner un rendez-vous la même nuit. Il ofoit s'en flater, parce que ma Suivante, pour me fervir, avoit feint d'être fenfible à fon amour, dans l'efpérance que par-là elle aprendroit toutes les chofes qui fe pouroient tramer contre moi, & c'étoit, dans les circonftances où je me trouvois, tout ce qui pouvoit m'arriver de plus heureux.

Je commençois à trop connoître le caractére de Doña Medulina, pour ne pas m'inquiéter extraordinairement de ce

qu'on m'aprenoit ; je ne pouvois pas douter
de ſes perfides intentions ; j'en étois trop
bien inſtruite ; je confiai mes allarmes à
ma Confidente, & je lui demandai, en ver-
ſant bien des pleurs, ce qu'elle imagi-
noit que je duſſe faire pour éviter les
dangers dont j'étois menacée ; deux jours
ſe paſſérent ſans qu'il nous tombât rien
à l'une & à l'autre dans l'eſprit qui pût
nous ſatisfaire. Il n'étoit pas poſſible que
le Courier que j'avois envoyé à Dom
Guſman d'Alnikaras, pût être de retour
avant le jour que j'avois lieu de redouter
avec raiſon ; il falloit cependant ſe décider : nous touchions au troiſieme, le
ſecond étoit preſque paſſé, & nous n'a-
vions que la nuit qui ſuivoit pour prendre le parti de la fuite, en cas que nous
n'euſſions que ce dernier parti à prendre,
comme nous ne le prévoyions malheu-
reuſement que trop.

Dona Medulina me tint un diſcours
le même ſoir qui me confirma le péril
dont j'étois menacée ; elle me demanda
après le ſouper, comme par maniére
d'entretien, ſi je craignois les eſprits ; lui
ayant répondu que j'étois d'une ſotiſe à
ce ſujet impardonnable, & que j'avois
été élevée par une Gouvernante qui ſur
cet article n'étoit pas plus ſage que moi ;

tant pis, me dit-elle; il faudra donc que nous retournions inceffamment à Madrid; ce Château depuis quelques jours n'eft pas praticable. Toutes les nuits on y entend un bruit effroyable, je ne conçois pas comment vous ne vous en êtes pas plainte. Mes gens m'ont dit qu'ils avoient rencontré la nuit plufieurs fantômes qui lutinoient tous ceux qu'ils trouvoient en leur chemin, & qu'ils n'ofoient plus vâquer à leur devoir. Un vieux Concierge m'a conté, ajouta-t'elle, que ces aparitions arrivoient tous les ans à peu près dans le même tems; qu'il conjecturoit que ces efprits revenoient à caufe d'un affaffinat qui avoit été commis dans ce Palais par des Miquelets quelques années auparavant.

J'avoue que ce difcours m'effraya, & que, fans faire aucune autre réflexion, je tombai dans le piége qu'on me tendoit: Dona Medulina me confeilla, pour me tranquilifer, d'avoir une grande attention à fermer exactement mes portes la nuit, & à ne point fortir de mon apartement fous quelque prétexte que ce fut. Il n'en falloit pas tant pour me porter à fuivre ce confeil, quand même je n'euffe pas été dans cette habitude, j'avois d'autres raifons pour me tenir fur mes gardes;

& , fans qu’il fut queſtion de fantômes &
d’eſprits , je n’y manquois jamais.

A peine eus-je fait part à ma Confidente de ce que m’avoit dit Dona Medulina , qu’elle me dit que ce diſcours renfermoit un myſtére & qu’il lui faiſoit penſer bien des choſes : je lui demandai avec
effroi ce qu’elle conjecturoit ; elle me répondit qu’elle ne pouvoit le deviner, crai-
gnant que, ſous prétexte d’eſprits fami-
liers , on ne profitât de ma frayeur pour
crocheter la porte de mon apartement,
dans le deſſein d’arriver à des fins téméraires. Je lui demandai ce que je devois faire pour éviter des périls que je
craignois autant que la mort ; elle ajouta qu’il falloit profiter de la nuit pour
ſortir du Château ; que le Ciel ſeroit
mon guide & me protégeroit dans une
occaſion où ma vertu & mon innocence
n’avoient plus que Dieu pour protecteur.

Je n’héſitai point à prendre cet affreux parti ; je jugeai bien, puiſqu’il m’é-
toit donné par la perſonne du monde
qui avoit le plus d’eſprit & de prudence , que le danger lui ſembloit bien ma-
nifeſte : nous attendimes que la nuit fut
aſſez avancée pour ne pas être ſurpriſes
dans notre fuite. Il étoit réſolu que nous
gagnerions la campagne par une porte

du Jardin qui n'étoit jamais fermée. Nous nous étions promené vingt fois dans le bois, & nous fçavions que rien n'étoit plus facile que d'efcalader un pan de muraille qui étoit à moitié tombé : le projet étoit hardi ; mais dans les occafions terribles où il y va de l'honneur & de la vie , à quelle extrêmité de juftes frayeurs ne font - elles pas capables de vous porter ?

Quelques difcours que me tint Clémélie pour me perfuader qu'il n'y avoit point d'efprits , & que les propos tenus à cette occafion étoient autant d'artifices pour m'intimider , & m'empêcher , en cas de violence , d'ofer réfifter , le préjugé, ou pour mieux dire la frayeur fi naturelle à mon fexe, prédominoit ; j'étois fortie vingt fois de mon apartement, & vingt fois j'y rentrai : le moindre bruit me faififfoit , mes jambes plioient fous moi, & je n'en avois que pour m'en retourner d'où je fortois.

Cependant , à force d'encouragement , j'eus la fermeté d'entrer dans le Jardin , & d'aller jufqu'à la grille par laquelle on paffoit pour entrer dans le Parc ; mais une vapeur terreftre qui parut enflammée à quatre pas de moi, me fit jetter un cri ; fans ma Suivante je tombois

en foiblesse ; elle eut beau vouloir me
remettre , en me difant que ces phéno-
menes étoient ordinaires dans la faifon
où nous étions , fi elle me remit l'efprit ,
elle ne put rien fur le corps ; mes fens
étoient glacés , & il ne fut pas poffible
d'aller plus avant.

Après deux heures je ne me trouvai
pas plus valeureufe : que vous dirai-je,
l'horreur de la nuit , le fouffle des Zé-
phyrs dans les feuilles , tout m'entretint
dans mon effroi ; ce que je pus faire fut
de regagner mon apartement , encore
étoit-il prefque jour quand cela arriva.

CHAPITRE XIII.

LE repos que ma fatigue extrême me
fit prendre malgré mes inquiétudes
dévorantes , me rendit le lendemain plus
capable de réflexions; j'entrevis toute la
grandeur du péril que je courois , &
je regrettai d'avoir montré fi peu de fermeté pour l'éviter : mais il n'étoit plus
tems , la nuit fuivante étoit celle que le
Roi & Dona Medulina avoient choifis
fans doute pour exécuter leurs infames
projets ; je ne pouvois pas fupofer autre.

chofe de ce que j'avois apris ; quel obftacle y aporter ? c'étoit-là l'embarras , &
ce qui nous jettoit Clémélie & moi dans
la plus cruelle perplexité.

Nous confultâmes de nouveau fur ce
que nous avions à faire dans cette em-
barraffante occafion : après avoir rêvé
pendant quelque-tems , je regardai fixement Clémélie ; il me vient une idée ,
m'écriai-je en la ferrant entre mes bras ;
fi vous m'aimiez affez pour l'aprouver ,
& pour me donner la marque la plus
tendre de votre attachement , mon honneur feroit à couvert du péril prefque
certain qu'il court : je fçais bien qu'un
poignard , en cas de violence , le mettroit à l'abri de fa perte : mais , vous l'a-
vouerai – je , Clémélie , je ne me fens
pas cette fermeté Romaine qui fçait fe
délivrer à ce prix de l'ignominie : je
conçois bien qu'en frapant l'Amant téméraire , ou en me donnant à moi-même la mort , que je ferois une action illuftre , héroïque , que la poftérité admi-
reroit éternellement , qui ferviroit de mo-
dele à l'innocence oprimée ; mais , je le
répete , toute vertueufe que je fuis , je
me connois trop bien pour me perfuader
que je ferai capable d'un effort auffi généreux : j'ai pu le penfer , ma vertu m'a

déjà cent fois inspiré ce dessein , mais ma foiblesse prédomine : l'idée seule , l'i-dée de la mort me saisit , m'effraye & me met hors d'état de prendre aucun parti.

Ma Confidente , après que j'eus cessé de parler , me demanda avec beaucoup d'instance par quel endroit elle pouvoit me devenir utile. Avant que de lui ex-poser mon imagination , je lui fis jurer par ce qu'il y avoit de plus sacré qu'elle se prêteroit à mon projet , & qu'elle me garderoit un secret éternel. Elle étoit si zélée & si curieuse d'être instruite de ces moyens dont j'avois parlé , qu'elle me fit les sermens que j'exigeois ; hé bien , lui dis-je , c'est d'occuper dorénavant mon propre lit. Par l'entretien que j'ai surpris entre le Roi & Dona Medu-lina , j'ai conçu que tôt ou tard je se-rois la triste victime d'une odieuse pas-sion ; captive dans ces lieux , sans amis , sans parens , il n'est pas possible que je puisse parer de si honteux projets : sacri-fies-toi pour moi , chere amie , continuai-je , en lui prenant tendrement les mains , ta fortune sera le prix d'un service aussi essentiel & si grand ; mon Pere qui en aprendra le secret , sans compromettre ton honneur sacrifié pour conserver le mien ,

te fera un établissement si honorable &
si distingué, que tu ne regretteras point
ce que tu auras fait pour moi.

Les bras tombérent à Clémélie à cette
proposition singuliére, & la plongérent
dans une mer de réflexions ; mes caref-
ses & mes priéres l'en retirerent. S'il n'é-
toit question, me dit-elle, que de changer de lit, & de courir quelques risques
pour vous faire éviter le fort malheureux
que vous craignez avec tant de raison,
vous ne devez pas douter, Madame ;
que je n'employasse avec joie les moyens
que vous m'offrez de vous servir ; mais
de souffrir que le Tiran en vienne à de
certaines extrémités avec moi, sans me
défendre, & sans lui faire connoître son
erreur.... Voilà cependant ce que j'exi-
ge, l'interrompis-je précipitamment ; ce
sont ces complaisances ; c'est d'entretenir le Monarque dans son erreur jusqu'à
ce que Dom Gusman d'Alnikaras m'ar-
rache de ces terribles lieux ; c'est enfin
que tu passes toujours dans ces momens
funestes pour la maîtresse, afin que le
Prince ne continue pas ses téméraires
entreprises sur un bien que je dois conserver sur toutes choses, & dont la perte, malgré ma foiblesse pour cette vie
malheureuse, ne manqueroit pas de me

la rendre sans cesse odieuse & insuporta-
ble.

Hé ! croyez-vous, ma belle Maîtresse ,
répondit ma Confidente, en répandant
des pleurs , que mon honneur me soit
moins cher que le vôtre ? Ah Ciel ! si vous
me connoissiez bien…. Si je n'en étois
si fort persuadée , lui dis-je , je ne ferois pas un si grand cas de ton sacrifice ; mais écoutes, ajoutai-je , il n'y a
que ce moyen pour me prouver ton zéle : choisis des deux partis, ils me sont
égaux , ou de me tenir une parole attes-
tée par les sermens les plus solemnels, ou
de me précipiter de ta propre main dans
le tombeau. Je t'ai avoué mes foiblesses
pour la vie , je t'ai fait connoître que
je ne serois jamais assez généreuse pour
me frapper de mon propre bras , mais
aprends , ô cruelle Clémélie ! que malgré cette foiblesse dont je suis honteuse
moi-même , j'ai cependant assez de vertu pour t'inviter à me percer le cœur.
Viens, ajoutai-je encore avec une intention décidée & en la conduisant ; dans
mon Cabinet , prends ce poignard , plon-
ge-le moi dans le cœur , je vais par un
écrit de ma main aprendre au Roi que
je m'en suis frapée moi-même ; je lui en
ferai connoître les raisons. Après cela tu

n'auras rien à craindre de ma mort, &
je t'aurai l'obligation de mon honneur.

Ma triste Confidente pâlit à cette fe-
conde propofition ; elle en recula d'horreur ; elle m'arracha avec indignation le
poignard que je lui préfentois, & le jetta
contre terre. Je ne répéterai point tous
les difcours généreux qu'elle me tint à
cette occafion ; quelques touchants qu'ils
foient, leur détail ne ferviroit qu'à vous
faire perdre un tems précieux, ô vous
qui daignez m'écouter ! il vaut mieux
que je paffe tout d'un coup à des faits
plus importants.

Il fut convenu que Clémélie s'expo-
feroit aux malheurs que nous avions lieu
de prévoir : ce ne fut pas fans répandre
des torrens de larmes, qu'elle fe décida
fur ce terrible point ; il fut encore arrêté, qu'en cas qu'il eût lieu, elle feroit
promettre au Roi amoureux, qu'il ne
me parleroit jamais pendant le jour des
myftéres de la nuit, & le prétexte de
cette priére étoit la décence & la pudeur.

Le Roi vint ce jour même, comme
l'Officier l'avoit dit ; foit que je fuffe prévenue, ou que ce Prince, à la veille d'un
événement dont il faifoit dépendre fon
bonheur, fut naturellement agité, je lui

trouvai dans la phifionomie un air fingulier & funefte, que je ne lui avois jamais
remarqué. Il en ufa avec moi avec toute
la politeffe imaginable , & ne me tint
aucun difcours qui pût me porter à aucun foupçon : que les hommes font traîtres & diffimulés ! pardonnez - moi cette
réflexion : j'ai eu trop fujet de m'en plaindre pour qu'on n'ait pas l'indulgence de
me la paffer.

Deux heures avant qu'il fut nuit, ce
Prince partit, & me dit, en me faifant fes
adieux , qu'il feroit quelques jours fans
me voir, à caufe des affaires de la guerre
qui l'obligoient à un travail continuel ;
je conçus bien, prévenue comme je l'étois,
que ce qu'il m'aprenoit étoit afin qu'il
ne fût point foupçonné des violences qu'il
me préparoit ; je diffimulai & je répondis
ce qui convenoit dans une pareille occafion.

Dona Medulina feignit de fon côté
un mal de tête affreux , pour avoir lieu
fans doute de fe retirer de bonne heure ; mais en effet afin de tenir compagnie au Roi, qui devoit rentrer, felon le
projet , dès que la nuit feroit tombée,
ou pour m'obliger à retourner dans mon
apartement : j'ufai de diffimulation avec
elle , comme j'avois fait avec le Roi , je n'a-

vois à prendre que ce feul parti ; tout
autre m'eut été inutile & ne m'eut occafionné que des malheurs plus certains.

Clémélie étoit trop intéreffée à prendre toutes les mefures qui pouvoient empêcher le malheur qu'elle craignoit avec
tant de raifon , pour ne pas ufer de toutes les précautions poffibles pour le parer:
nous fûmes vifiter l'une & l'autre tous les
endroits par lefquels on pouvoit nous fur-
prendre pendant la nuit : nous barrica-
dâmes nos portes, après y avoir mis les
verroux ; les fenêtres ne furent pas ou-
bliées, nous levâmes les tapifferies. En un
mot, après un examen exact nous crumes
que nos terreurs étoient paniques ; en effet
il n'y avoit pas la moindre aparence que
nous puffions être furprifes, & il nous fembloit qu'à moins de torcer l'entrée de l'a-
partement, il n'étoit pas naturel que nous
couruffions aucun danger : nous ne fai-
fions pas réflexion que la puiffance des
Rois fait tous les jours des miracles, & que
tout leur réuffit lorfqu'il s'agit de fatisfaire
leurs défirs.

Cependant malgré cette opinion favorable, la crainte d'être furprife & de rifquer le plus grand des malheurs , me fit
prendre le parti d'aller me coucher: j'o-
bligeai ma Confidente de fe mettre dans

mon lit ; je lui dis avant que de la quitter tout ce qui me parut de plus flateur
& de plus séduisant, pour la porter à per-
sévérer dans ses résolutions ; quoiqu'elle
eut pris son parti, sa douleur extrême
étoit toujours la même, rien ne pouvoit
la consoler.

Je revins un moment après ; je conçus une imagination qui me parut admirable, en cas que le Roi, par un pro-
dige, entrât dans son lit ; je la lui communiquai, je lui dis qu'il falloit affecter
un long sommeil : de tous les moyens auxquels vous pouriez recourir, m'écriai-je,
c'est-là le plus raisonnable ; le Prince sa-
tisfait de son bonheur, dans l'opinion où
il sera que sa témérité n'est point soup-
çonnée, restera pendant le jour avec moi
dans les bornes de la réserve & de la re-
tenue, & nous laissera par ce moyen le
tems & la liberté de travailler à nous arracher à des risques plus certains.

Ne faudroit-il pas mieux, reprit Clémélie, que j'engageasse le Roi, par toutes
les raisons que le Ciel pourra me sug-
gérer, à respecter mon innocence & ma
vertu ? seroit-ce un crime, en cas que sa
passion lui fît fermer l'oreille à toutes mes
suplications, d'exiger de sa probité la parole de m'épouser ? tentes, lui dis-je, en

ne pouvant m'empêcher de ſourire de cette plaiſante imagination, je n'envie-rai pas ta fortune, en cas que tu la faſſe ; tu en es bien digne aſſurément, ajoutai-je, par le ſacrifice honorable que tu me fais aujourd'hui de ton hon-neur.

Clémélie touchée de ce diſcours, me jura qu'elle n'avoit pas entendu parler d'elle, en engageant la parole du Roi pour l'hymen dont il étoit queſtion.

Je me préparois à répondre à ce diſ-cours, lorſqu'il me ſembla que le lam-bris craquoit ; je m'enfuis avec préci-pitation dans le lit de ma Suivante, & j'étois ſaiſie d'un ſi grand effroi, que j'étois dans le même état que ſi la mort eût été prête à me conduire dans le tom-beau.

CHAPITRE XIV.

A Peine fus-je entrée dans mon lit, ou pour mieux dire dans celui de Clémélie, que j'entendis diſtinctement mon lambris ſe ſéparer en deux ; j'étois couchée dans un Cabinet où étoit ma toilette, & il étoit ſi près de l'apartement, que rien ne s'y pouvoit faire qu'il ne parvînt à mes oreilles : j'avois été si effrayée du premier bruit dont j'ai parlé, que j'avois oublié de fermer ma porte, & je ne m'en ressouvins que lorsqu'il ne fut plus tems ; il est aisé de juger de mes allarmes ; j'entendois distinctement marcher près de moi ; j'étois dans un état qu'il est impossible de rendre réellement.

Quelque fut mon effroi, je ne pus m'empêcher de prêter l'oreille à ce qui se passoit : malgré les précautions que j'avois prises pour éviter les périls que je courois, je m'étois munie d'un poignard, en cas que la supercherie n'eût pas lieu ; je n'en avois cependant pas imaginé l'usage ; la vertu seule m'avoit dicté ce dessein : peut-être, m'étois-je dit alors, le Ciel fera-t'il un miracle en ma faveur ? que sçais-je si de foible que je me connois, il ne m'inspirera point une mâle résolution ? souvent il protége l'innocence : c'étoit-là mon idée, & ce qui me rendoit si attentive à ce qui se passoit.

La conduite du Roi fut singuliere ; je l'entendis qu'il se plaignoit. Elle dort, s'écrioit-il, (Clémélie faisoit semblant de dormir, trop effrayée sans doute elle avoit pris ce parti,) elle doit jouir de ma présence, & rien ne la réveille : quels biens puis je goûter sans elle ? O chére *Keelmie*, continuoit-il amoureusement, cessez un sommeil dont la durée m'étonne, écoutez un Roi qui vous adore & qui ne vit que pour vous. Pardonnez une entreprise téméraire, autant dictée par des conseils séducteurs, que par l'amour le plus excessif. O Keelmie, adorable Keelmie, répétoit-il, que mon bonheur seroit extrême si ces biens, qui sont en ma puissance, m'étoient donnés par vous même ! que dis-je ? si vous connoissiez bien le fond de mon cœur & les ardeurs dont il est enflammé, vous feriez tout pour un Amant que la reconnoissance attacheroit de plus en plus , & qui seroit capable de vous élever au destin le plus éclatant.

Après ces mots, le Prince se tut. Je m'étonnai que ma Suivante ne profitât point de ces heureuses dispositions pour cesser un sommeil qui devenoit inutile, & qui la mettoit dans le cas de courir d'autres risques. Le silence avoit succédé à ces tendres accens ; aucun bruit ne se faisoit entendre , & je ne pouvois imaginer ce qui pouvoit donner lieu à un repos si profond.

Je prêtai une nouvelle attention après

un tems aſſez conſidérable j'entendis deux
ſoupirs élancés en même-tems ; je ne ſça-
vois qu'en penſer, un treſſaillement m'a-
gita. Que vous êtes adorable, s'écria une
ſeconde fois le Roi, & que ce ſilence m'inſ-
pire de reſpect & de conſidération ! oui,
belle Keelmie, je vous le proteſte, ſi vous
me rendez heureux, ma main & ma
Couronne ſeront le prix de votre com-
plaiſance. Le parti que vous prenez eſt
celui d'un cœur également généreux, ſage & prudent ; vous concevez le danger
que court votre vertu ; vous n'avez que
ce ſeul moyen de vous défendre de mon
ardeur impétueuſe. Je ne veux point profiter de pareils avantages, & encore
moins devoir à la terreur & à la violence, ce que j'attends de l'amour. Ceſſez
vos craintes, il y a long-tems que j'aurois mis mon Sceptre à vos pieds, ſans
l'eſpoir ſéducteur que Dona Medulina
m'avoit fait concevoir : en vous perdant
elle me perdoit ; mais raſſurez-vous, chére Keelmie, je vous le répete, recevez
ma foi, donnez-moi la vôtre, d'ici en un
mois, ſoyez certaine que vous ferez la
Souveraine des Eſpagnes & l'Epouſe légitime de ſon Roi.

J'attendis avec une impatience extrême la réponſe de ma Confidente : je ne

pouvois comprendre ce qui pouvoit avoir donné lieu à de pareils difcours, & ce qui empêchoit cette fille de s'expliquer. Enfin elle parla ; je jugeai au fon de fa voix de ce qui fe paffoit dans fon ame ; fes accens étoient entrecoupés ; fon intention s'expliqua par ces mots. Que puis-je, s'écria-t'elle, contre le plus grand des Rois ? celui qu'un miracle introduit dans un apartement fi bien fermé ne percera-t'il pas en tous lieux ? hélas ! il faut fubir fa deftinée. S'il eft dit que je fléchiffe, fi les décrets immuables de la deftinée ont décidé de mettre un Sceptre dans ma main, que ces décrets s'accompliffent, que le Sceptre paroiffe, je fuis prête à le recevoir avec réfignation.

Les tranfports les plus vifs de la part du Roi fuccédérent à un difcours auffi modefte & auffi fage ; j'entendis de nouvelles proteftations qui me perfuadérent combien le Prince étoit généreux ; elles durérent plus de trois heures & je m'en étonnai. Je ne m'étois pas perfuadée que l'amour, dont les aîles font fi courtes, pût voler fi long-tems.

Je commençois à m'ennuyer de la longueur de la conférence, lorfque le Roi s'écria : *qu'importe, ce qui eft dit eft dit, il s'accomplira.* Je ne fus pas peu furprife

de cette exclamation. J'avois bien entendu Clémélie parler vivement au Prince ; mais foit que fon état l'empêchât de
s'énoncer diftinctement , ou quelle eût
fes raifons pour en ufer myftérieufement
dans cette rencontre , il me fut impoffible de deviner ce qui avoit donné lieu à
ces paroles du Roi ; je ne fus pas long-
tems fans en être parfaitement éclaircie.
O Ciel ! voilà l'endroit fatal , je ne me
le rapelle jamais que je n'en fois auffi
émue que fi l'évenement venoit d'arriver.

Le Roi reprit la parole & s'écria :
vous n'êtes point Keelmie , dites-vous ,
ô la plus digne & la plus vertueufe de
toutes celles de votre fexe, qu'importe ,
je le répéte , mes fermens auront lieu :
vous êtes Demoifelle , & très-aimable
fans doute , cela me fuffit ; vous avez
été capable du fentiment généreux d'im-
moler votre propre honneur pour conferver celui d'une amie , le facrifice eft
magnanime ; voilà deux prodiges de vertu auxquels on ne s'attend point , vous
& Keelmie vous méritez deux Couron-
nes ; oui cette action généreufe eft uni-
que & n'aura jamais fon égale , vous
Clémélie vous aurez un Roi pour Amant,
vous pofféderez fon cœur & vous ferez

fon bijou, fon trefor le plus doux : c'eft à moi de vous récompenfer ; à l'égard de Keelmie, elle ne peut l'être que par un Dieu, la vertu feule eft digne de la couronner.

Dom Pédre interrompit Keelmie dans cet endroit. Pardonnez, lui dit-il, ô fille dont la fageffe fuprême doit être refpeêtée à jamais, fi je romps le fil de votre Hiftoire. Deux chofes me jettent dans l'incertitude, & me paroiffent difficiles à concilier ; la premiére eft que vous ne fçaviez point l'Efpagnol lorfque vous échapâtes du naufrage, & qu'il paroît par votre narration que vous le fçaviez même avant que d'être captive en Efpagne : pour le dernier fait que vous venez de raporter, je vous avouerai naturellement que je m'y perds, & qu'il eft fi extraordinaire, que je n'y conçois plus rien du tout.

La belle Keelmie fourit de l'embarras de Dom Pédre ; il ne me fera pas difficile, reprit-elle avec une douceur féduifante, de vous éclaircir ces énigmes ; un inftant d'attention fuffira.

Lorfque je me trouvai fauvée miraculeufement du naufrage dont je vous aprendrai dans peu la caufe, je me trouvai fi accablée de la continuité de

mes malheurs , que je tombai dans une
efpéce d'abandon de moi-même qui m'ô-
ta pendant quelques jours l'ufage de la
parole. Dès que cet état létargique fut
ceffé , & que j'eus fait réflexion à toutes les obligations que je vous avois ,
j'eus une honte extrême d'avoir été fi
long-tems fans vous en marquer ma
reconnoiffance , je l'aurois fait fur le
champ ; mais une réflexion & un égard
m'arrêtérent. J'avois compris par votre
idiôme que vous étiez Efpagnol ; je ne
fçavois point qui vous étiez ; le Mafque
affreux dont vous aviez le vifage couvert
me donnoit des idées que je ne puis bien
rendre ; & dans la frayeur où j'étois qu'en
vous aprenant mon Hiftoire , comme il
me paroiffoit naturel de le faire , je ne
me jettaffe dans de nouveaux embarras,
je crus que je devois continuer à garder
le filence : vous penfâtes que j'ignorois
votre langue , & je ne fus pas fâchée
que vous le cruffiez ; j'efpérois que la
confiance où vous étiez de mon ignoran-
ce fur ce point , vous mettroit dans le
cas de vous entretenir fans crainte de
vos affaires , & que par-là j'apprendrois
quelles étoient les perfonnes auxquelles le
fort m'avoit remis ; mais foit que votre
prudence vous ait mis à l'abri d'une curiofité

riofité fi naturelle, ou que vous ne foyez entré dans aucun détail devant moi de ce qui vous intéreffoit : de tout ce qui vous eft échapé dans vos entretiens, je n'ai pu que former des conjectures incertaines, & elles ne m'en ont jamais affez apris pour avoir lieu de m'aplaudir de ma diffimulation.

Pour ce qui eft du fait que vous n'avez pas encore bien compris, la fuite de cette fatale Hiftoire vous l'expliquera ; il ne m'a pas été poffible de traiter cet article plus clairement.

Après ce peu de mots Keelmie continua dans ces termes.

Si ce que le Roi dit d'obligeant de moi me flata, fa conduite extraordinaire avec ma Confidente me toucha plus vivement ; j'avois lieu de penfer par les difcours qu'il avoit proférés que fon changement étoit certain, & qu'il étoit fans retour. On m'avoit fait un portrait de la façon de penfer du Monarque, fi fingulier, que je ne doutai pas un moment de mon malheur.

Ce que je conjecturois fe trouva dans l'exacte vérité : le lendemain de cette nuit fatale, Clémélie fut déclarée Maîtreffe du Roi ; elle me l'aprit elle-même, & m'avoua avec une franchife dont

je ne pus lui sçavoir mauvais gré ; que
ce poste étoit si fort au-dessus de toutes
ses espérances, qu'elle n'avoit pas cru,
par une vaine ostentation de sagesse, devoir le refuser ; je ne m'étendis point
en reproches ; à quoi auroient-ils pu servir ? elle étoit décidée, le mal étoit con-
sommé, il ne pouvoit se réparer.

Je dois cette justice à cette fille, sa
faveur ne l'aveugla pas : au contraire elle
me jura qu'elle ne s'en serviroit que pour
me prouver à chaque instant qu'elle
m'étoit plus dévouée que jamais.

Un mois après, elle vint me trouver
le matin. Que je vous aprenne une nouvelle dont vous allez être surprise, me
dit-elle, en me baisant la main. Sçavez-
vous que le Roi vous aime plus que jamais, & que le goût qu'il a feint pour
moi, ne tendoit qu'à le conduire plus
certainement à votre possession. Ce discours me parut si peu vraisemblable,
que je n'y fis qu'une légére attention ;
mais il n'étoit cependant rien de plus
assuré. Le Roi d'Espagne, par le conseil
de Dona Medulina, s'étoit conduit de la
maniére dont j'ai parlé, afin de gagner
ma Suivante, & de l'engager à me livrer à son amour. Clémélie, au lieu de
accabler de reproches, l'avoit félicité

de sa constance , & s'étoit servie de tout
le pouvoir qu'elle avoit sur son esprit ,
pour le porter à satisfaire sa passion par
des moyens légitimes , & que ma vertu
pût aprouver ; il avoit été tenu un conseil à cette occasion entre ces trois personnes : le Roi s'étoit déclaré , il vouloit
bien m'épouser ; mais il prétendoit que
le mariage fût célébré en secret. Les
raisons qu'il alléguoit étoient spécieuses,
& l'on étoit convenu de leur solidité.

Dona Medulina devoit le lendemain
me voir de la part du Souverain , & me
faire les propositions dont je viens de parler. Je vous avoue que je fus transpor-
tée de joie , en aprenant ces choses :
j'aimois le Roi plus que jamais , je me
mourois de son infidélité. Moins un bien
est attendu , & plus il devient précieux ;
je pris mon parti , & ce parti fut de
me rendre à ce qu'on exigeoit de moi.

Mais hélas ! devois-je me flater d'ê-
tre heureuse ? pouvois-je prétendre qu'a-
près avoir souillé mon cœur d'une passion aussi criminelle que celle dont on a
vu l'affreux détail , je pusse réussir dans
aucun projet ? la vengeance du Ciel me
poursuivoit ; dans un instant vous en
allez convenir.

Je me promenois à l'issue du souper

dans le Parc avec Clémélie , lorſque Guſman d'Alnikaras , que je croyois en Catalogne , parut ſubitement à mes pieds : Suivez-moi , me dit-il , ô ſage Keelmie , tout eſt prêt pour l'enlévement que vous avez prémédité ; votre chaiſe eſt à ſix pas d'ici , & je vous ſervirai moi-même d'eſcorte à la tête de dix braves gens dont je ſuis aſſuré : votre liberté eſt d'autant plus certaine , que j'ai ſurpris avec adreſſe un paſſeport du Roi ; jugez de mon amour par la promptitude avec laquelle j'exécute vos ordres : il n'y a rien d'impoſſible dont je ne fuſſe venu à bout , pour parvenir au but que vous avez daigné me faire eſpérer.

Je frémis de cette aparition & de ce diſcours : il n'eſt plus tems , lui dis-je , Guſman , les choſes ont changé de face depuis que je vous ai écrit. Si vous m'aimez , comme votre action me le perſuade , retournez en Catalogne avec le même ſecret que vous êtes venu , & que jamais il ne puiſſe tranſpirer ; ſans ce parti , vous vous perdez : ma deſtinée veut que je reſte en ces lieux ; mais afin de ne vous point tenir en ſuſpens , aprenez que je ſuis prête à contracter de ſaints engagemens , & que mon cœur & ma vertu d'intelligence , ne me permettent plus de prendre aucun parti. Il suffit, s'écria Gusman en se relevant, & en se retirant avec précipitation, vous serez servie à souhait.

Nous continuâmes, ma Suivante & moi, à nous promener en raisonnant sur cette aventure. Je ne pouvois m'empêcher de plaindre Gusman, & de lui sçavoir un gré infini de ce qu'il avoit été capable de faire pour moi. Je me servirai, disois-je, de ma faveur pour le faire combler d'honneurs & de biens, & j'en userai avec lui de maniere qu'il n'aura pas lieu de regretter qu'il étoit prêt de me faire le sacrifice de sa fortune & de tous ses biens.

J'achevois à peine ces derniers mots que quatre hommes armés se jettèrent sur nous, & nous saisirent à travers le corps ; je voulus m'écrier, mais on me ferma la bouche. Il faut me suivre, s'écria l'un de ceux qui me faisoit violence ; il n'est pas juste que j'aye risqué pour satisfaire à vos désirs ; que la perte de ma fortune & de ma tête en soit le salaire, & que pour comble un Rival plus heureux que moi jouïsse d'un bien qui m'a déjà tant coûté à acquérir. Je reconnus Gusman à ce discours, & je jugeai bien par la témérité de cette entreprise que c'étoit un monstre capable des plus noirs attentats.

En vain voulois-je résister, il fallut plier à ce nouveau coup ; l'on nous jetta, Clémélie & moi, dans une chaise : Gusman se mit entre nous, en nous avertissant de nous conduire avec modération, protestant avec le serment le plus épouvantable que si nos cris attiroient du secours, & qu'on voulût mettre obstacle à son entreprise, le désespoir le porteroit aux dernieres extrêmités contre nous, étant déterminé de nous sacrifier, l'une & l'autre, plutôt que de me voir enlevée à ses désirs.

Nous marchâmes trois jours & trois nuits consécutifs, sans qu'aucun obstacle parût s'oposer à l'affreuse entreprise de ce furieux ; le quatrieme nous découvrîmes la mer & un Vaisseau : Gusman jetta un cri de joie à cette vue : mais un de ses gens qui vint l'avertir qu'on venoit d'entrevoir un détachement qui nous suivoit à toutes jambes, le fit changer de couleur, & l'agita d'autres mouvemens : il prit cependant son parti ; il ordonna qu'on ne ménageât point les chevaux, & qu'on fît les derniers efforts pour gagner le rivage de la Mer, dont nous n'étions qu'à quelques milles ; nous venions de relayer ; il se flatoit que nous serions dans le Vaisseau qui paroissoit à nos yeux, avant que les troupes qui nous suivoient pussent nous en empêcher. Un instant plutôt nous étions délivrées. Le détachement arriva sur le bord du rivage, lorsque nous étions dans l'Esquif ; si le hazard avoit permis qu'il se fût trouvé un bateau pour que l'on pût s'y jetter avant que nous eussions gagné le Vaisseau, nous aurions été remises en liberté ; mais Gusman avoit tout prévu, il n'y en avoit pas un seul, & nous jugeâmes bien, par le mouvement que se donnérent ceux qui nous suivoient en côtoyant le bord de la Mer, qu'ils cherchoient les moyens de nous suivre & de nous empêcher de gagner le Navire. Mais nous les perdîmes bientôt de vue ; le Vaisseau sur lequel nous fumes transportées, s'éloignoit à toutes voiles, & il n'y avoit pas d'aparence que mon Ravisseur eût rien à apréhender de ses ennemis, dont il avoit craint la poursuite avec tant de raison.

Je ne vous rendrai point compte de la douleur dont je fus accablée : avec les sentimens que je vous ai dépeints, vous devez présumer qu'elle fut extrème ; Gusman tenta vainement de la modérer, je le reçus avec tant d'indignation, & je lui

proteftai avec des fermens fi affreux , que
s'il ofoit m'aprocher je me donnerois la
mort , qu'il n'ofa s'expofer à me mettre
dans ce cas.

Quinze jours après, nous rencontrâmes
un Vaiffeau qui nous donna la chaffe ; il
étoit Anglais ; j'adreffai au Ciel des vœux
ardens pour que le nôtre fût pris. Dom
Gufman, fans s'étonner de l'avantage qu'a-
voit ce Navire fur le fien , ordonna le
combat & l'abordage. Après qu'il fut prêt
à être accroché , il fe préfenta à moi le fa-
bre à la main : fi je fuis vaincu , me dit-il,
je fais fauter mon Vaiffeau ; il m'englou-
tira avec vous dans les eaux ; faites à
préfent des vœux contre moi fi vous l'o-
fez.

Le combat dura trois heures; je ne vous
en ferai point le détail , je m'étois évanouie au commencement de l'action ; en
revenant de ma foibleffe, Clémélie m'a-
prit que nous avions été à la veille de
tomber fous la puiffance des Anglais ,
qui nous combattoient , mais que les vagues, irritées par un gros tems qui s'étoit
élevé, avoient rompu les harpins, & que
les deux Vaiffeaux avoient été féparés : elle
ajouta que nos gens s'étoient battus en
défefpérés , que le pont étoit couvert de
fang & de morts , & que Dom Gufman,

qui avoit combattu en Héros défefpéré, avoit reçu deux bleffures, & que l'on auguroit qu'il n'en pouvoit échaper.

Je ne fçus fi je devois me réjouir ou m'affliger de ce détail ; quand je fus mieux informée, je tremblai du fort qui nous étoit deftiné ; la moitié de l'équipage étoit bleffé, l'orage nous menaçoit de nous fubmerger ; on étoit dans l'impuiffance de faire la manœuvre, & il n'y avoit de bien expérimenté dans le Vaiffeau que le feul Dom Gufman : fa précipitation & les précautions dont il avoit ufé pour apareiller ce Vaiffeau, ne lui avoient pas permis de choifir les fujets : il avoit de meilleurs foldats qu'il n'avoit de bons matelots ; ce qu'il en reftoit connoiffoit à peine la mer ; jugez de notre peine & de nos frayeurs. Pour comble de malheur nous effuyâmes une effroyable tempête ; nous penfâmes être engloutis mille fois par les vagues ; & lorfqu'elle fut ceffée, nous nous trouvâmes expofés à de nouveaux dangers : mais, que dis-je, ce n'étoit rien en comparaifon de ceux que j'étois à la veille de courir.

CHAPITRE XV.

J'Etois couchée par terre, & les yeux élevés au Ciel, je lui adreſſois de ferventes priéres, pour implorer ſa miſéricorde & le toucher en ma faveur, lorſqu'un des ſoldats de Guſman d'Alnikaras entra précipitamment dans ma chambre, & me ſuplia, de la part de ſon Chef, de lui faire la grace d'entrer dans celle où il étoit, en m'aſſurant qu'il étoit à ſa fin, & qu'il m'étoit d'une conſéquence extrême de le voir avant qu'il mourût. Je conçus l'importance de cette démarche dans la terrible ſituation où je me trouvois : je m'y traînai. Guſman ſembloit attendre la mort ; à peine me reconnut-il : ſes mains voulurent ſe joindre & me demander de ſincéres pardons ; mais une foibleſſe qui le ſuffoqua l'empêcha de parler. Quelque irritée que je fuſſe, cet aſpect touchant m'attendrit ; voilà donc à quoi aboutiſſent tant de paſſions, de peines & de ſoins, m'écriai-je, & je me mis à pleurer, pénétrée de la force de ces mots.

Je croyois que Guſman étoit mort,

& tout le monde le crut comme moi : je me voyois abandonnée dans un Vaiſſeau au milieu d'une mer inconnue. Que me reſtoit-il encore à enviſager ? une mort certaine. Hélas ! dans l'horrible extrêmité où je me trouvai bien-tôt après, c'eût été le bien le plus doux. Mais je n'étois pas encore à la fin de mes malheurs ; il étoit dit que je devois être expoſée à tout ce qu'il y avoit de plus affreux.

A peine Guſman d'Alnikaras fut-il tombé en létargie, que l'équipage le croyant mort, ou du moins qu'il n'en reviendroit jamais, ſongea à s'élire un chef. La diviſion à ce ſujet ſe mit dans le Vaiſſeau ; chacun voulut faire parler ſes droits ; & comme on n'en connoiſſoit point, ou plutôt qu'on n'en vouloit point connoître que ceux de la force & de la poſſeſſion, on en vint aux armes & on ſe battit : extrêmité funeſte ! l'on combattoit pour le commandement, pendant que l'on avoit à combattre contre les écueils & contre la mort. Juſqu'à quel excès peut ſe porter l'orgueil & l'ambition, puiſqu'aux portes du tombeau l'on ne peut s'en dépouiller !

Après deux heures de cruautés inouies, le plus déterminé d'entre ces malheureux

Aventuriers fut reconnu Capitaine. C'étoit un vieux Sergent de Marine, dont l'aspect terrible étoit seul capable d'intimider & de faire obéir : il débuta par descendre Gusman d'Alnikaras, qui n'étoit pas encore revenu de sa foiblesse, dans un esquif, avec quatre de ceux qui s'étoient oposés le plus intrépidement à son élection ; il les abandonna au gré de Neptune. Après cette cruelle expédition, il se présenta à mes yeux, me dit qu'en héritant du Commandant du Vaisseau la souveraine autorité, il héritoit des droits qu'il avoit acquis sur moi ; en vain me jettai-je à ses genoux, & le supliai-je d'épargner mon honneur, sans lequel je ne pouvois vivre, il répondit brutalement qu'il ne ressembloit pas à Gusman, & qu'il ne se payoit pas de si sottes défaites : à l'égard de la mort que je le menaçois de me donner, il me dit que j'y penserois à deux fois, & qu'en cas que je fusse assez folle pour recourir à cette extrêmité, que la mer me serviroit de tombeau, & qu'il s'en consoleroit.

Je frémis de la façon cruelle de penser de cet homme ; je voulus le tenter par l'intérêt ; je lui offris une rançon considérable, en cas qu'il voulût me ra-

mener en Angleterre ou en Efpagne ,
il fourit dédaigneufement de ma propofition ; il répondit qu'il n'étoit pas affez
fou , ni perfonne de fon équipage , pour
aller de gaieté de cœur fe faire punir
dans ces Climats de mille crimes dont
ils étoient tous fouillés , & dont le fouvenir faifoit leur félicité. O Ciel ! m'é-
criai-je , ayes pitié de moi, fans ton fecours que puis-je faire ; faut-il que je
périffe auffi cruellement ? Le Sergent
s'aprocha de moi , me dit à l'oreille de
me confoler , & qu'il attendroit jufqu'à
la nuit à confommer fes réfolutions :
après ce peu de paroles il me laiffa. *Clémélie* me confeilla de prendre le parti de
fléchir à ma deftinée, en m'affurant qu'il
n'en feroit ni plus ni moins. Ce confeil
me révolta ; je n'avois pas voulu me
rendre aux ardeurs d'un Roi puiffant
que j'aimois , & j'aurois eu la lâcheté de
fatisfaire les défirs de ce monftre : mou-
rons donc, me dit en foupirant ma trifte
Confidente , voilà le feul reméde que
nous pouvons imaginer pour nos maux
préfens.

Je l'ai déjà dit , ma foibleffe pour la
vie étoit fi grande , que je ne pouvois
me réfoudre à la perdre ; j'avois des
frayeurs extrêmes à ce fujet , je me mis

à pleurer amérement. Clémélie en fit autant ; cela ne nous avançoit de rien ; la nuit aprochoit, il falloit se décider.

Ma Confidente fut touchée de ce que je semblois souffrir. Après un profond soupir, elle me demanda à quel parti je prétendois enfin me résoudre. A mourir, lui dis-je, en versant un torrent de pleurs : oui, de mourir plutôt que de perdre un bien pour lequel j'ai déjà tant souffert ; elle continua à me question- ner, & à vouloir aprendre de moi si le sacrifice à mon honneur étoit permis, & si dans une extrêmité aussi cruelle, il étoit de loi naturelle de se donner la mort pour le conserver ; l'honneur & la vie ne peuvent se recouvrer, j'en con- viens, ajouta-t'elle ; mais cet honneur si cher ne gît-il pas dans l'opinion des hommes : qu'ils ignorent à jamais cette perte, quelque certaine qu'elle soit, cet honneur sera conservé ; il n'en est pas de même de la vie, sa perte est réelle, & l'on ne peut la dissimuler.

Je regardai ce discours comme celui d'une personne à qui les aproches de la mort tournoient l'esprit. Je crains autant cette mort cruelle que toi, repris-je, & je voudrois pouvoir l'éviter : je n'en connois qu'un moyen, ajoutai-je en la

regardant fixement , c'eſt de faire en
cette occaſion ce que tu as fait en Eſpagne. Tentes encore de paſſer pour moi
cette nuit ; ſi tu t'y réſous , je conſens
à conſerver tes jours & les miens.

A ce diſcours imprévu , Clémélie tomba dans une rêverie profonde : elle n'en
ſortit que pour me dire de lui donner
mon habit ; je devinai ſon projet & elle
me l'expliqua. Elle ne doutoit pas que
le terrible Sergent n'entrât dans notre
chambre avec de la lumiére ; elle me
dit que trompée par ce déguiſement , il
ſeroit la dupe du changement de nos
habits , & que , ſous prétexte de la honte que ſon aproche lui cauſeroit , elle ſe
couvriroit ſi bien le viſage , qu'il ne pourroit la ſoupçonner de ne pas être ce qu'elle conſentoit à paroître , pour me prouver ſon zèle & ſon affection. En effet ils
ne pouvoient être pouſſés plus loin. Je
trouvai l'expédient admirable , & je l'em-
braſſai , bien réſolue de mon côté de
me cacher ſi bien que je ne nuirois pas
à un ſi ſage projet.

Le Ciel permit , par une tempête qu'il
ſuſcita , (& que je regardai comme un
miracle ,) que ces moyens affreux n'euſ-
ſent pas lieu ; avant que la nuit fut paſ-
ſée , nous fimes naufrage dans l'Iſle où

vous m'avez reçue si humainement ; vous sçavez le reste ; qu'aurois-je à ajouter, sinon de vous suplier de continuer à me protéger & à me cacher, de sorte que le premier Ministre mon Pere n'aprenne jamais ce que je suis devenue. Je ne puis pas douter de mes sentimens actuels ; je n'ai rien à craindre de leur part ; je sçais que la passion fatale dont mon cœur étoit dévoré pour lui, n'existe plus ; mais qui pourra me répondre de la maniére dont pense Milord Portemhil pour moi ; n'est-ce pas tout risquer que de me mettre dans le cas d'être la victime de nouveaux malheurs ?

La sage Keelmie après ces mots soupira amérement, & termina ainsi sa fatale Histoire. Dom Pedre & Emilie, qui n'avoient plus aucunes raisons de se défier de cette vertueuse fille, en usérent alors avec elle avec confiance. Quelle fut sa surprise en aprenant quelles étoient les personnes qui la protégeoient : leurs malheurs n'égaloient-ils pas les siens ; elle témoigna sa consolation par les discours les plus propres à la persuader, & protesta qu'elle n'avoit plus rien à craindre de sa destinée, puisqu'elle se trouvoit avec tout ce qu'il y avoit de plus digne d'être respecté dans le monde.

Après des témoignages réciproques de reconnoiffance & d'amitié, l'on tint confeil fur le parti qu'on avoit à prendre. Dom Pédre, fans déclarer fes vues fecretes, décida qu'il falloit continuer à fe conduire comme on avoit fait jufques-là, & qu'on en uferoit dans les fuites felon les occurrences, & ce qu'il conviendroit aux intérêts préfens.

Cependant le Roi d'Angleterre, qui depuis le changement heureux qui étoit arrivé à fes affaires, ne pouvoit plus fe paffer de Dom Pédre, auquel il en attribuoit le fuccès, fit interrompre cette conférence par un Gentilhomme, qui l'avertiffoit de fa part, qu'il pafferoit lui-même chez lui à l'entrée de la nuit, accompagné de fon premier Miniftre, pour l'entretenir d'affaires importantes. L'on juge bien que cette nouvelle allarma Keelmie ; elle en pâlit. La Princeffe la raffura, & lui promit de ne pas la quitter ; il n'y avoit pas aparence que le Roi & encore moins Milord Portemhil fiffent une perquifition dans la maifon de Dom Pédre : d'ailleurs l'apartement de Keelmie étoit fi reculé, qu'elle y étoit à couvert des hazards qui pouvoient arriver.

A peine les ombres de la nuit eurentelles couvert l'hémifphére, que le Roi d'Angleterre se rendit chez Dom Pédre avec son premier Ministre. Lorsque les portes du cabinet furent fermées, le Souverain s'exprima dans ces termes.

Vous vous cachez de moi, Dom Pédre, & je n'ai rien de caché pour vous : à ce début le nouveau Général pâlit ; remettez-vous, continua le Prince, vous concevez par la connoissance que j'ai de votre véritable nom, que je suis informé de la vérité de votre état : si je m'en raportois aux lettres du Roi d'Espagne que je viens de recevoir, vous auriez mérité votre disgrace & vos malheurs ; mais ne craignez rien, vous m'avez bien servi, je vous ai remis la gloire de ma réputation entre les mains, & quelque chose qui puisse arriver, je ne ferai jamais la paix à vos dépens.

Après ce discours, le Roi tira une lettre de son sein & la remit à Dom Pédre : lisez, lui dit-il, je viens exprès pour en concerter avec vous la réponse ; mon procédé vous prouve assez mes intentions, il ne vous est pas difficile de les pénétrer. Dom Pédre se trouvoit trop flaté des distinctions du Roi pour ne pas en exprimer sa reconnoissance dans les termes les plus respectueux. Après un nouvel ordre de lire une lettre qui devoit l'intéresser au dernier point, il l'ouvrit, & y trouva ces mots qui le firent frémir plus de cent fois de fureur.

LETTRE du Roi d'Espagne au Roi d'An-gleterre.

MON CHER FRERE,

LE Courier qui aura l'honneur de présenter ma lettre à Votre Majesté, est mon grand Ecuyer, vous ajouterez foi à tout ce qu'il dira comme à moi-même ; les différents qui régnent entre les Rois n'empêchent ni la politesse ni les procédés. Je vous demande un traître échapé à ma justice, qui se cache dans vos Etats sous le nom de Dom Diégue, & qui n'est autre que Dom Pédre ; un ingrat, un perfide, que j'avois comblé de mes bienfaits, & qui m'en a payé par des noirceurs si affreuses, qu'il ne m'est pas permis même de les révéler. Votre Majesté peut juger de mon ressentiment par la grandeur du forfait ; ressentiment si juste, que je périrois plutôt moi-même que de ne pas m'en venger : vous pensez trop bien pour éluder une grace que je vous accorderois moi-même en pareil cas. Le Marquis

della Doloré vous aprendra le reste. Je
désire la paix ; nos Ministres en confé-
reront quand il vous plaira , mais il faut
que Dom Pédre en soit l'accessoire. Je prie
Dieu , Mon cher Frere , qu'il tienne Votre Majesté en sa sainte garde. Signé
Yo el Ré.

Le Roi d'Angleterre n'attendit pas que
Dom Pédre se justifiât : je vous crois innocent des accusations qu'on vous impu-
te , lui dit-il , vous êtes trop brave &
trop généreux pour être traître ; mais il
ne suffit pas d'être innocent à mes yeux,
il faut que toute la terre pense comme moi :
à la veille d'une guerre plus cruelle que
les précédentes , & continuée en votre faveur , il convient que mes voisins en aprou-
vent les causes. Autant la protection que
je vous donne sera-t'elle du goût de tous
les Princes , en cas que vous la méritiez ,
d'autant plus serois-je condamné si j'étois
soupçonné de soutenir la perfidie & la
trahison. Défendez-vous , Dom Pédre ,
ajouta le Roi avec bonté , justifiez-vous
envers le Roi d'Espagne , je serai moi-
même le premier à publier votre innocence ; en attendant vivez tranquille dans
mes Etats : à l'abri de ma puissance , vous

y ferez en fûreté , & le Roi d'Efpagne ,
tout grand qu'il eft , ne pourra rien contre vous.

Dom Pédre , pénétré de la plus parfaite
reconnoiffance , fe jetta aux pieds du Monarque , & lui fit part avec une confiance naïve de la maniere dont il avoit épou-
fé la Princeffe Emilie , & des fuites cruelles
qu'avoit eu cet Hymen. Le Roi s'attendrit
plufieurs fois à ce recit ; mais ce qui lui
caufa une admiration fans égale , fut la
réfolution que marquoit Dom Pedre de
ne jamais fe juftifier , s'il étoit obligé de
compromettre la réputation de la Sœur du
Roi d'Efpagne. Il étoit certain que la paffion de cette Princeffe étoit le feul principe des crimes qui lui étoient imputés ;
il ne pouvoit les juftifier fans découvrir le
fecret d'une paffion trop vive ; il aimoit
mieux , continuoit-il , être le feul criminel ,
& périr plutôt mille fois que d'avoir fa
grace à ce prix.

Milord Portemhil , qui fut confulté fur
ces embarras , & qui fçavoit par expérience qu'on n'eft pas toujours le maître
des fentimens du cœur , s'intéreffa tendrement pour Dom Pédre , & fut long-
tems à réfléchir fur les biais qu'on pouvoit prendre dans une occafion auffi délicate : après avoir médité quelque tems ,

il propofa un moyen qui paroiffoit rifquant pour le falut de Dom Pédre, mais qui, félon les raifons qu'il allégua, fe trouvoit le plus fage & le plus convenable. Le Roi frémit de ce moyen, c'étoit de demander une tréve, & de propofer un Ambaffa-deur au Roi d'Efpagne, & cet Ambaffa-deur devoit être Dom Pédre. Afin qu'il ne pût être refufé, on devoit lui fupofer un autre nom que le fien : il etoit arrêté que, fous ce nom, il demanderoit une audience fecrete qui lui feroit vraifemblablement accordée ; alors Dom Pédre devoit fe jetter aux pieds du Roi, lui révéler le fecret de la paffion de la Princeffe fa fœur, de laquelle il n'avoit pu fe défendre ; s'avouer coupable, & dire qu'il avoit mieux aimé rifquer mille fois fa vie que de fe juftifier en aprenant à d'autres qu'au Roi un fecret de cette importance : quelle que foit la fureur du Souverain des Efpagnes, ajouta Portemhil, il n'ofera enfreindre le droit des gens, il refpeftera en Dom Pédre l'homme du Roi d'Angleterre ; il fçait à n'en pouvoir douter que notre Monarque peut faire la guerre & fe venger, & ces égards fuffiront pour contenir celui d'Efpagne, & l'empêcher de fuivre fes premiers mouvemens.

Milord conclut par affurer qu'une dé-

marche auſſi nouvelle que hardie juſti-
fieroit Dom Pedre , & que dans les extrêmités il falloit prendre les grands partis & ne point héſiter. Dom Pédre, dont
le cœur étoit male & généreux, adopta
avec vivacité le conſeil du premier Miniſtre : il le trouva digne de celui qui
l'avoit donné ; & malgré la répugnance
que le Roi d'Angleterre marqua pour
l'exécution , il fut déterminé dans cette
conférence qu'on s'y arrêteroit.

En conſéquence de ces réſolutions , le
Courier du Roi d'Eſpagne fut renvoyé
dès le lendemain , avec une lettre du Roi
d'Angleterre , par laquelle il aſſuroit celui d'Eſpagne qu'il auroit dans peu la
ſatisfaction qu'il attendoit ; en cette conſidération il demandoit une tréve & un
Ambaſſadeur , & propoſoit en même-
tems l'un & l'autre : il n'étoit pas douteux que ces propoſitions ne lui fuſſent
accordées.

Quelque lieu qu'eût Dom Pedre de
s'inquiéter de ces choſes , il ſçut ſi bien
ſe poſſéder , que perſonne à la Cour ne
put s'en apercevoir : il parut même avec
un viſage tranquille au milieu des fêtes
qui furent données à l'occaſion des Victoires qu'il avoit remportées , & il n'y
eut perſonne , pas même Emilie , & le

jeune Criſtanval , qui ne ſe perſuadaſſent qu'il les partageoit avec plaiſir.

Dom Pedre ni ſon Fils n'avoient point eu encore occaſion de faire leur cour à la Reine , ils étoient arrivés dans un tems ſi critique & ſi malheureux , qu'il n'a-voit été alors queſtion que de combats & de guerre. Les plaiſirs ſe cachent tou-jours à l'aſpect du carnage & de la déſola-tion ; l'Angleterre étoit à la veille d'être aſſervie ; Bellone & Mars la ravageoient : oſoit-on voir les Dames alors , oſoit-on ſonger à l'amour ? Mais avant que de parler de l'entrevue de Dom Pedre & de la Reine , il eſt néceſſaire de s'arrê-ter ici un moment. Quoiqu'on ait parlé de cette Princeſſe aimable , & qu'on ait rendu juſtice aux charmes dont elle étoit partagée , il eſt convenable de raporter une anecdote qui la touche , & qui im-porte eſſentiellement au dénouement de cette Hiſtoire.

CHAPITRE XVI.

DE tout tems les Rois d'Angleterre , comme ceux d'Eſpagne & de Por-tugal , ont ambitionné d'étendre leur

puiſſance

puissance dans les Indes. Celui qui régnoit alors, plus jaloux encore que ses
Prédécesseurs de la découverte du nouveau Monde, dès le commencement de
son Régne fit son objet capital de la
conquête de ces pays lointains ; il n'é-
pargnoit rien pour y parvenir, & ré-
compensoit avec tant de générosité ceux
qui concouroient avec lui à ce projet,
qu'il se présentoit tous les jours de nouveaux aventuriers, qui de leur côté se
portoient à le servir avec un zéle si
grand, qu'il ne manquoit presque jamais
de réussir.

Entre tous ceux qui s'offrirent, quelques années avant l'arrivée de Dom Pedre en Angleterre, pour découvrir les
Terres inconnues, un jeune Flibustier
se proposa, & assura le Roi qu'il ne pa-
roîtroit jamais devant ses yeux, à moins
qu'il n'eût trouvé un Empire nouveau
dont on n'eût jamais eu de connoissance, & dont la conquête fut digne de tous
ses soins. Le Prince envisagea cette pro-
messe comme une vanité de jeune homme, à laquelle il aplaudit selon sa coutume, mais sur laquelle il ne fit aucun
fond. Deux ans entiers se passérent sans
que *Martinensès*, c'étoit le nom du jeune homme, donnât aucunes de ses nou-

velles. De tous les Aventuriers qui étoient
partis de son tems, il n'y avoit que lui
seul qui ne fût pas revenu, & dont on
ignorât la destinée ; on ne doutoit pas
qu'il n'eût péri dans des mers éloignées ;
& comme il étoit étranger Portugais,
sans parens & sans amis, on l'avoit aisément oublié.

Un jour que le Roi revenoit de la
chasse, un Inconnu se présenta à la porte
de son cabinet, & demanda d'y être introduit ; ce ne fut pas sans peine qu'il ob-
tint cette grace ; son importunité cependant la lui mérita. Le Roi ne fut pas peu
surpris de reconnoître ce *Martinensès* qu'il
avoit cru mort, & le raport qu'il lui
fit de son voyage l'étonna encore plus.

Selon la relation qu'il donna par écrit
au Roi, il rendoit compte de son expédition, où il aprit qu'il avoit pénétré
dans un Empire Indien, gouverné par
une Mortelle, dont la beauté suprême
tenoit de la Divinité. *Martinensès* avoit
trouvé le secret, en demeurant chez les
Sauvages voisins de la frontiére, d'aprendre la Langue du Pays ; & lorsqu'il s'é-
toit cru en état de pouvoir passer pour
un Naturel de ce Climat, il s'étoit introduit dans la Capitale de l'Empire, &,
par ses talens & son adresse, étoit par-

venu à se faire connoître de la Souveraine, & en avoit été traité favorablement.

Martinensès étoit Fils d'un Peintre, & possédoit son art au dernier point : c'étoit ce même art qui lui avoit facilité l'accès chez ces Peuples. On le regardoit comme un homme illustre, & tous les Grands du pays se l'envioient.

La Reine se l'étoit attaché à son service ; & cet homme, dans l'idée où il étoit toujours de mériter du Roi d'Angleterre, par une découverte de cette importance, une fortune distinguée, s'étoit gouverné de maniére qu'il s'étoit instruit de tout ce qui étoit nécessaire pour rendre une entreprise heureuse. Il avoit étudié les mœurs, les forces & la carte du climat ; il possédoit toutes ces choses assez bien pour que sa relation prouvât la possibilité d'une entreprise aussi utile qu'elle étoit honorable pour la nation qu'il servoit. Il étoit entré jusques dans les secrets les plus cachés de l'Etat ; il avoit apris par une des confidentes de la Reine que cette Princesse devoit sa Couronne au Ciel même par une aventure singuliére : ces Peuples superstitieux l'avoient trouvée un jour dans une Isle, qu'ils croyoient inhabitée, & cela dans un

tems que la nation gouvernée ordinairement par des femmes venoit de perdre
fa Reine. Ils s'étoient perfuadés que leur
Dieu nommé *Choukaki* ou *Boue* à la bar-
be rouffe , leur envoyoit cette adorable
fille pour les gouverner. Dans cet efprit
ils l'avoient dépofée dans la Maifon Roya-
le. Les Sages de l'Etat avoient pris foin
de fon éducation , & lorfqu'elle avoit été
en âge, ils l'avoient couronnée : elle avoit
donné des preuves furnaturelles d'un efprit fi fupérieur, en les gouvernant avec
une fageffe incomparable , qu'ils la re-
gardoient comme une Divinité même ,
defcendue fur la Terre pour faire leur
félicité.

Quelque fabuleufe que fût cette relation , le Roi s'en amufa & la trouva in-
téreffante. Il étoit prêt à congédier Martinensès , en lui promettant d'examiner
le projet qu'il avoit préfenté pour travailler à affervir cette Reine & fon Empire ; mais l'adroit Aventurier , qui s'é-
toit réfervé le coup heureux qui devoit
décider de fa fortune , pria le Roi de
permettre qu'il lui préfentât le portrait
de la jeune Souveraine dont il lui avoit
fait l'Hiftoire : le Prince tendit la main
affez indifféremment , ne s'attendant qu'à
voir les traits d'une beauté africaine ;

mais que ne devint-il pas lorsqu'il eut envisagé ce portrait ? il s'écria qu'il n'avoit jamais rien vu de si beau dans sa vie, & protesta que si l'original ressembloit à la copie, que cette Reine, quelle qu'elle fut, méritoit l'Empire de l'Univers.

Martinensès, qui avoit soupçonné l'éfet que devoit faire son portrait, n'en parut pas surpris ; il assura le Roi que la copie n'aprochoit qu'à peine de la belle Princesse qu'il représentoit, & que l'esprit dont elle étoit douée étoit au-dessus des éloges que méritent les esprits les plus brillans.

Il ne falloit pas un plus grand détail pour achever d'intéresser le Monarque étonné. Le croira-t'on ? ce Prince prit, à la vue de ce portrait, un amour qui se déclara par les plus soigneuses circonstances. Martinensès eut ordre de se tenir prêt à partir avant un mois. Il fut mis à la tête de quatre Vaisseaux de guerre, chargés de Soldats & de munitions : il avoit ordre d'employer tous ses efforts pour tâcher d'enlever cette belle Souveraine de ses Etats, & en cas qu'il y pût réussir, il lui promettoit la charge de Directeur Général de toutes ses Découvertes, avec des émolumens qui le rendroient le plus riche particulier de l'Univers.

Martinensès assura le Roi que si les vents respectoient son zèle & les ordres qu'il recevoit, qu'avant un an il seroit revenu en Angleterre avec la Princesse. Après son départ, le Roi tomba dans une rêverie qui ne le quitta plus; il comptoit les jours, il attendoit cette jeune beauté avec une impatience sans égale.

Huit mois après le départ de Martinensès, son retour fut annoncé au Roi par un Courier dépêché sur le champ par le Gouverneur du Port où il avoit débarqué. A peine ce Prince put-il attendre l'arrivée de Martinensès, dont il avoit apris l'heureuse réussite, en lui amenant la *Souveraine des climats* dont il a été parlé. Sans les égards qu'il devoit à sa dignité suprême & aux loix du Royaume, qui ne permettent pas qu'un Souverain descende aux moindres égards, il seroit allé lui-même la chercher : il s'en étoit fait une si haute idée, qu'elle le gouvernoit avec l'empire le plus absolu.

Enfin il la vit cette adorable Reine, & cette vue décida de leur destinée mutuelle. Pour ne point entrer dans un détail trop long, il l'adora ; elle n'avoit que quatorze ans alors ; à dix-huit ans, elle parut auſſi-bien inſtruite des uſages de la Nation , & ſçut auſſi-bien parler Anglais , qu'une Anglaiſe même. Le Roi crut qu'il étoit convenable pour la dé-dommager de l'Empire qu'il lui avoit fait perdre , de la faire monter ſur ſon Trô-ne. Il y avoit deux ans qu'elle y étoit placée , lorſque Dom Pédre arriva en Angleterre ; elle faiſoit les délices de la Nation. En aportant ſon Empire au Roi , elle écrivit à ſes Peuples , & leur ordonna , en Souveraine , de reconnoître ſon Epoux pour leur Roi. Ces Peuples, en recevant ſa lettre , ſe proſternérent en la liſant. Le préjugé ſubſiſtoit , ils regar-doient les ordres de leur Princeſſe com-me émanés de *Choukaki* lui-même ; ils reçurent les Anglais , & cette conquête devint une dot aſſez importante pour em-pêcher que les Peuples intéreſſés ne ſe plaigniſſent d'un mariage autant extraor-dinaire que romaneſque , & qui n'avoit jamais eu d'exemple depuis que la Mo-narchie ſubſiſtoit.

Le Roi ayant averti Dom Pédre qu'il vouloit le préſenter lui-même à la Reine dont on vient de raporter l'Hiſtoire , ce fameux Général ſe rendit avec Emilie & ſon Fils à l'heure qui lui avoit été aſſi-gnée. Il y avoit un tems conſidérable qu'ils

défiroient tous cette entrevue. Selon les loix
de ce tems-là, il n'étoit pas permis à aucun étranger de paroître devant la Reine.
Le Palais leur étoit interdit : Emilie aprit
cette honorable diftinction avec une joie
qui ne peut s'exprimer.

La Reine étoit à fa toilette, il fembloit que les graces lui euffent prêté tous
leurs attraits : Dom Pédre en l'aprochant
fentit une émotion dont il fut furpris ; il
n'étoit pas accoutumé à de pareils mouvemens. Pour Dom Criftanval, quelque prévenu qu'il fut de la beauté de cette Princeffe qu'on lui avoit vantée mille fois, il
refta immobile, & ne put proférer un
feul mot : Emilie s'arrêta en entrant ; fes
yeux avides, fans en fçavoir la raifon fecrete, parcoururent avec une curiofité intéreffée les traits de la Princeffe. Le Roi
qui annonçoit à la Reine ces illuftres
Etrangers, & qui préfentoit Dom Pédre
comme un héros à qui l'Angleterre devoit
fon falut, ne fit aucune attention aux
mouvemens divers que la vue de fa divi-
ne Epoufe occafionnoit. Un cri que jetta
Emilie en fe laiffant tomber à la renver-
fe, lorfque la Reine fut au-devant d'elle
pour la recevoir, le furprit autant qu'il
l'intéreffa. Tout le monde accourut à fon
fecours : elle étoit fans fentiment, on ne

fçavoit qu'augurer d'un événement aussi imprévu ; cet accident fit remettre la conférence à une autre fois. Dom Pédre en attribua la cause à l'humiliation qu'avoit eue la Princesse sa Femme de paroître en *Sujette*, elle qui étoit née pour commander. Il ne pensoit pas aux véritables causes, & n'avoit garde de les imaginer.

Il se retira avec une inquiétude qui ne lui étoit pas ordinaire ; il crut d'abord qu'elle procédoit de la frayeur que lui avoit causé l'événement dont on vient de parler ; il aimoit tendrement Emilie, il se persuadoit qu'il ne pouvoit rien lui arriver qu'il ne le partageât avec beaucoup d'intérêt ; pour Cristanval, il sçut bientôt, à n'en pouvoir douter, quel étoit le principe de la profonde mélancolie qu'il remporta de cette premiere visite : l'agitation où il se trouva dès ce moment fatal, lui fit connoître qu'il aimoit : l'image de la Reine se grava dans son cœur ; il ne vit plus qu'elle, tant son imagination en étoit remplie. Il n'avoit connu jusqu'alors que les charmes de la gloire, il ne pensa plus qu'à ceux de l'amour.

Si ces illustres Etrangers étoient agités de ces mouvemens divers, la Reine qui

les avoit occafionnés n'en fut pas exempte
elle-même. Elle avoua à Miledi Sindhel,
fa Confidente & fa Favorite, qu'elle avoit
reffenti, à la vue de ces étrangers, un
trouble qui ne lui étoit pas ordinaire, &
qu'elle ne pouvoit encore concevoir ce qui
avoit pu y avoir donné lieu.

Cette belle Princeffe en perdant le nom
de fille n'en avoit pas perdu l'innocence.
La deftinée fuprême l'avoit affervie fous
le joug de l'Hymen, fans que fon cœur
eut fléchi fous celui de l'amour; accoutumée à remplir tous fes devoirs, elle
regardoit celui d'aimer le Roi fon Epoux
avec la plus fincére amitié comme le principal, mais c'étoit-là le feul nom qu'on
pouvoit donner à fes fentimens; ils n'a-
voient rien de plus; elle ne fçavoit pas
qu'il étoit poffible qu'ils fuffent fufcepti-
bles d'autres impreffions.

Le jeune Criftanval étoit d'une figure
aimable. Sa phifionomie prévenoit fi fort
en fa faveur, qu'il étoit prefque impoffible de le voir fans l'aimer. La Reine
vanta ce Héros naiffant comme on vante
un beau tableau : elle ne fçavoit pas que
l'examen que fait une femme d'un homme dont le mérite eft fupérieur, devient
alors un difpofitif heureux qui détermi-
ne; elle fe livroit à fon admiration fans

preſſentir que le poiſon de l'amour le plus ſubtil eſt celui qui ſe préſente par les yeux.

Les fêtes qui ſe donnerent à l'occaſion des Victoires remportées la Campagne précédente ſur les Eſpagnols, ne contribuérent pas peu à augmenter des idées que l'abſence, la raiſon & le tems auroient peut-être diſſipées; mais cette douce liberté, qui ſuit ordinairement les plaiſirs, procura des momens trop précieux : le jeune Criſtanval, qui vouloit plaire, profitoit des bals fréquens pour ſe préſenter à la Reine ſous les déguiſemens les plus avantageux, & cette Princeſſe, ſans y penſer, concouroit par ſes heureuſes préventions à nourrir une ardeur qui devoit dans les ſuites enfanter les événemens les plus funeſtes & les plus affreux.

Pendant que Dom Criſtanval s'abandonnoit aux charmes d'une paſſion naiſſante, le célébre Dom Pédre travailloit aux préparatifs de ſon voyage. Le Roi d'Eſpagne avoit accepté les offres qui lui avoient été faites. Le déſir de ſe venger lui avoit fait abréger le cérémonial & les longueurs; ſa mauvaiſe humeur, qui avoit pluſieurs ſources, avoit réveillé en lui ſon penchant à la cruauté : il lui ſembloit que tant que Dom Pédre vivroit, il seroit malheureux. C'étoit par un des espions qu'il entretenoit dans toutes les Cours, depuis qu'on lui avoit enlevé Keelmie, pour en aprendre des nouvelles, qu'il avoit apris que Dom Pédre étoit encore existant ; cette connoissance l'avoit transporté de fureur, il avoit juré qu'il ne feroit jamais la paix que le Sujet rebelle ne lui fut livré, & dans cet esprit il méditoit sans cesse sur les moyens de pouvoir parvenir aux fins cruelles qu'il se proposoit.

Le Roi d'Angleterre, qui fut averti de ces dispositions, pressentit encore Dom-Pédre sur le danger qu'il alloit courir, & l'invita à se désister d'une entreprise aussi périlleuse ; mais l'Espagnol avoit trop de courage pour qu'aucun risque l'intimidât : il s'en expliqua même avec tant de fermeté, que le Monarque se rendit à ses désirs. Afin de faire de son côté tout ce qui dépendoit de lui pour assurer des jours qui lui étoient si utiles, il le revêtit des caractéres les plus propres à se faire respecter. Il fut nommé Ambassadeur extraordinaire, & dans les lettres dont il étoit chargé, le Prince ajouta le titre de son Parent à celui de son Ami : c'étoit donner à cette Ambassade tout le

relief & l'éclat qu'elle pouvoit avoir. La
Princesse Emilie ne sçut le départ de son
mari que la veille : on le prétexta d'autres motifs, & on lui cacha soigneuse-
ment les périls qu'il alloit courir & le
lieu où il devoit se rendre ; tendre comme elle étoit pour un Epoux si cher,
c'auroit été avancer des jours que la
cruauté devoit bien-tôt moissonner. L'a-
dieu qu'elle reçut & qu'elle fit à son
Epoux trop aimable, sembloit pressentir
les malheurs qui devoient résulter de cette séparation ; le pressentiment agissoit,
& il étoit fondé pour agir.

C H A P I T R E XVII.

PEndant que Dom Pédre fend l'onde
& se presse d'arriver en Espagne, la
belle Keelnie s'entretenoit elle - même
des secrets que l'Ambassadeur lui avoit
confiés la veille de son départ. Il avoit
imaginé un moyen de faire sa paix avec
le Roi d'Espagne qui lui paroissoit infaillible : & ce moyen étoit conçu sur
la connoissance qu'il avoit de sa passion
pour cette fille adorable ; afin de ne point
le rendre douteux, il lui avoit fait part

de son voyage , en l'assurant qu'il en profiteroit pour pénétrer si le Roi son Amant étoit toujours dans les mêmes dispositions pour elle , & en lui demandant , en cas que cela fut , la maniére dont elle désiroit qu'il traitât cette matiére.

La sage Keelmie conservoit trop chérement son amour , pour ne pas travailler aux espérances flateuses que Dom Pédre offrit à son esprit ; elle ne dissimula point ses sentimens secrets pour ce Prince : elle avoua même que s'il pouvoit parvenir à rendre légitime la passion qui régnoit encore dans son cœur , qu'il feroit sa félicité. Dom Pédre lui jura qu'il en feroit son objet le plus pressant ; après une heure d'entretien à ce sujet , il souhaita que Keelmie écrivît au Roi vers lequel il étoit envoyé , afin d'avoir des preuves toutes prêtes à mettre en usage en cas de besoin. Cette illustre fille se laissa conduire , & remit à l'Ambassadeur une lettre pour le Roi d'Espagne , qui contenoit l'Histoire de son enlévement par Gusman , les obligations extraordinaires qu'elle avoit à ceux qui avoient conservé ses jours : enfin que , sans leurs secours généreux , elle seroit privée depuis long-tems d'une vie qui lui feroit toujours chere tant qu'elle auroit lieu d'efpérer. La lettre fe terminoit par une affurance, que fi fa tendre fidélité n'étoit pas couronnée par un illuftre Amant qu'elle avoit toujours aimé, qu'elle aimeroit toujours, & fans lequel le monde lui devenoit à charge, elle s'enfermeroit dans un Cloître, & y refteroit le refte de fes jours.

Dom Pédre fouhaita que cette lettre fût cachetée, & qu'il parût ignorer ce qu'elle contenoit, & les raifons fecretes qui y donnoient lieu; il exigea encore, pour prévenir tous les événemens, qu'elle lui promît de ne fortir jamais de chez lui, fous quelque prétexte que ce fut, pendant fon abfence, fans qu'on lui rendît la moitié d'une médaille qu'il avoit fait couper en deux, & qui étant raportée à celle qu'il lui laiffa, devoit fe réunir fi parfaitement, qu'elle devoit faire un tout, & prouver que les lettres qui lui feroient rendues, venoient indubitablement de lui; Keelmie, qui pénétra les motifs fecrets qui obligeoient Dom Pédre à ces prudentes précautions, lui jura, fur ce qu'il y a de plus facré, qu'elle feroit exacte à fuivre fes avis, & que rien dans le monde ne feroit capable de l'en faire écarter.

Quelques jours après le départ de Dom Pédre, la Reine, qui depuis qu'elle connoiſſoit l'aimable Emilie, ne pouvoit plus vivre ſans elle, profita de l'abſence du Roi, qui étoit à la chaſſe, pour lui rendre une viſite ; l'on n'étoit pas, dans ces tems éloignés, ſur le ton cérémonial comme on y eſt aujourd'hui : les Rois honoroient quelquefois de leur préſence les Courtiſans que leur mérite illuſtroit ; & loin que de telles bontés dégradaſſent la puiſſance ſuprême, elle ajoutoit à ſes attributs un amour qui l'affermiſſoit mille fois plus que le reſpect politique qui en fait la baze, & qui ne doit ſouvent ſa naiſſance qu'à la crainte & à la terreur.

Emilie depuis le départ de Dom Pédre étoit incommodée, & c'eſt ce qui l'empêchoit de faire ſa cour à la Reine : elle fut extrêmement ſenſible à l'honneur de ſon amitié, & elle la lui marqua dans les termes les plus reconnoiſſans. Le jeune Criſtanval, qui ne laiſſoit échaper aucune des occaſions de ſe préſenter aux yeux de la Reine, profita de celle-ci avec tout l'empreſſement dont il étoit capable ; Emilie étoit trop clair-voyante, & connoiſſoit trop bien les impreſſions de l'amour, pour ne pas démêler la ſource des respects de son Fils : elle trembla à cette connoissance , & prévit les malheurs qui en pouvoient résulter.

La Reine, après les premiers témoignages d'amitié , demanda à Emilie de voir sa Niéce : il n'étoit pas possible de refuser une priére , qui , dans la bouche de la Princesse , devenoit un ordre. On avoit feint , de l'avis de Dom Pédre, pour éviter à Keelmie des visites qui pouvoient tôt ou tard la faire découvrir , que cette jeune personne étoit incommodée depuis long-tems d'une maladie qui ne lui permettoit pas de prendre l'air , & ce prétexte avoit paru si naturel, qu'on n'avoit pas fait de plus fortes instances pour la voir. Keelmie étant avertie du désir de la Reine, n'hésita point à le satisfaire ; elle sçavoit que cette Princesse n'étoit accompagnée que de sa Favorite, & elle ne crut pas qu'elle eût rien à risquer : la Reine la trouva charmante , lui fit mille amitiés , & lui dit en souriant qu'elle sçavoit un très-mauvais gré à ses indispositions , puisqu'elles privoient la Cour d'un ornement qui ne pouvoit que l'embellir , & qui étoit digne d'y être admiré.

Les politesses des Grands acquiérent dans leur bouche un dégré de bonté , dont la douce puissance asservit tous les cœurs ; la sage Keelmie éprouva l'effet de cette vérité ; elle prit une tendre amitié pour cette Princesse, & elle la lui témoigna dans les termes les plus capables de la persuader. La Reine, depuis le départ de Dom Pédre, ne passoit presque pas un jour sans voir Emilie : elle ne pouvoit plus vivre sans elle, comme on l'a déjà dit : un sentiment secret agissoit, & on connoîtra dans son lieu qu'il étoit fondé pour agir.

Le Roi avoit coutume au retour de la chasse de passer dans l'Apartement de la Reine, coutume à laquelle il ne manquoit jamais. Un jour, ayant apris à la chasse que cette Princesse étoit chez Emilie, il congédia tous ceux qui lui faisoient la cour, dans l'idée d'aller surprendre la Reine qu'il aimoit tendrement. Il défendit, en entrant chez Dom Pédre, qu'on l'annonçât, & parut tout-à-coup : Emilie n'étoit point préparée à l'honneur de sa visite, & elle produisit bien des événemens.

La Reine, sans en pénétrer la raison, ne put s'empêcher de rougir dans le moment qu'il entra ; le Prince ne douta point que ce ne fut de joie de le revoir, & comme il conservoit pour elle

ces premiéres impreſſions d'un cœur bien
épris, il la lui marqua par le plus tendre embraſſement. Criſtanval ſouffrit de
ces témoignages d'un amour qui lui donnoit de la jalouſie : Keelmie de ſon côté, tremblant que le premier Miniſtre
ne ſurvînt, comme cela paroiſſoit naturel, étoit dans une agitation qui ne
trouve point de termes pour être bien
exprimée.

Ce que cette aimable fille avoit toujours craint ne manqua pas d'arriver,
Milord Portemhil s'étant rendu chez le
Roi, & ne l'ayant point trouvé, ſe fit
porter chez Dom Pédre, & entra, ſelon
les droits attachés à ſa Charge, ſans être
annoncé ; Keelmie, que ſon inquiétude
rendoit attentive à la porte, frémit en
le reconnoiſſant ; elle étoit debout à côté de la Reine ; le Miniſtre venoit tout
droit à elle, leurs regards ſe rencontré-
rent, le Miniſtre jetta un cri de joie
& s'évanouit, pendant que Keelmie
tomba à côté de la Reine ſans ſenti-
ment.

Cet événement étoit trop marqué pour
qu'on ne ſe perſuadât pas qu'il avoit une
relation bien intéreſſante entre ces deux
perſonnes : le Roi ne s'y méprit point.
Je gage, s'écria-t'il, en adreſſant la pa-

role à la Reine, que Keelmie, qui paſſe ici pour la Niéce de Dom Pédre, eſt la fille de Milord; vous ſçavez quels ont été ſes regrets lorſqu'elle lui fut enlevée, & que depuis ce tems rien n'a pu l'en conſoler : il la retrouve, ſa joie le ſaiſit, je comprends tout cela, mais je n'imagine point ce qui a pu empêcher une fille ſi tendrement aimée de ſe rendre à un Pere dont elle ne peut pas ignorer que ſon abſence ne cauſe tous les regrets.

Keelmie revint la premiere ; elle fut ſe jetter aux pieds de ſon Pere, & arroſa ſes mains de ſes larmes ; il ne tarda pas long-tems à reprendre l'uſage de ſes ſens. Je n'entreprendrai point de dépeindre cette reconnoiſſance, elle eut cette force qui ſaiſit, qui attendrit, qui touche ; des pleurs de joie furent entremêlés des tranſports les plus doux, la nature ſeule les fit naître ; le tems & la raiſon avoient banni les mouvemens affreux dont on a été obligé de rendre compte ; le Roi, la Reine & Criſtanval prenoient un tendre intérêt à cet événement, & en effet il ne pouvoit pas être plus touchant.

Lorſque les premieres ſurpriſes eurent fait place à un entretien moins confus,

l'on souhaita avec empreſſement d'aprendre par quel miracle Keelmie étoit ren-
due à ſon Pere, & tout ce qui étoit arrivé depuis le jour fatal qu'elle en avoit
été ſéparée. Le premier Miniſtre, qui vit
que cette queſtion la jettoit dans un embarras qui ſe liſoit dans ſes yeux, la raſ-
ſura en lui diſant qu'il n'avoit rien de
chaché pour ſes Maîtres, & qu'elle pouvoit s'expliquer avec toute la franchiſe
poſſible. Criſtanval conçut qu'il lui convenoit de s'éloigner, & on admira ſa prudence : la fille de Milord moins gênée
rendit compte de ce qui lui étoit arrivé ;
elle jugea, à un coup d'œil que lui jetta
ſon Pere, qu'il falloit ſuprimer de ſon
recit l'Hiſtoire de leur paſſion criminelle ; elle ſe conduiſit avec tant d'eſprit dans
le détail qu'elle fit de ſes Aventures, que
ceux qui les ignoroient ne purent ſoupçonner ces endroits honteux dont il a
été parlé. Son Pere connut par ce recit qu'elle s'étoit guérie de ſa paſſion ; ſa
joie avoit été entremêlée d'inquiétude &
d'alarmes ſecretes ; mais à peine put-il
la contenir lorſqu'il jugea que ſa fille
avoit remporté la même victoire que lui,
& qu'un amour raiſonnable & glorieux
avoit ſuccédé à une paſſion, que ſa ſa-
geſſe avoit toujours eu en horreur.

Le Roi trouva dans l'Hiſtoire de Keel-mie bien des ſujets de s'en féliciter. Il aprenoit que le Roi d'Eſpagne avoit aimé cette aimable perſonne au point de vouloir l'épouſer ; il ne doutoit pas, après la connoiſſance que Dom Pédre avoit de cet amour, qu'il ne ſaiſît ce moyen pour obtenir ſa grace & pour amener les choſes au gré de tous ſes déſirs.

Quels que fuſſent les avantages qu'on eût remporté ſur le Roi d'Eſpagne, depuis l'arrivée de Dom Pédre en Angleterre, ce Prince n'ignoroit pas combien les pertes précédentes l'avoient affoibli ; il ne falloit qu'un revers pour replonger ſon Royaume dans la criſe dont la valeur du nouvel Ambaſſadeur l'avoit retiré ; il déſiroit la paix comme tous ſes peuples, & il ne pouvoit que s'aplaudir de trouver les moyens de la rendre avantageuſe & d'y parvenir.

Les hommes d'Etat travaillent par-tout, & enviſagent dans un inſtant pluſieurs objets différens ; le Roi, qui avoit ſaiſi pendant le cours de l'Hiſtoire de Keelmie tous ceux dont on vient de donner une légére idée, les trouva ſi importans, qu'il fit ſigne à ſon premier Miniſtre de le ſuivre pour les méditer plus tranquillement : cette célébre viſite fut ter-

minée par des témoignages d'amitié de
la part du Roi & de la Reine , & du
côté d'Emilie & de Keelmie , par les
proteſtations les plus ſincéres de reconnoiſſance & de reſpect. Avec d'auſſi doux
préjugés oſoit-on craindre aucun fâcheux
retour. Mais hélas ! c'eſt le propre de
la vie de reſſembler à un vaiſſeau flot-
tant dans une onde capricieuſe , & d'être
le jouet des traverſes & des événemens ;
le Chapitre qui ſuit en ſera une triſte
preuve , & nous fera acheter chérement
la ſuite intéreſſante d'une Hiſtoire dont
la vérité eſt le principal ornement.

CHAPITRE XVIII.

LE travail du Roi, fur les affaires & la conjecture préfente, fut fi long qu'il étoit nuit quand on le cefla ; le Monarque, qui avoit befoin de nouveaux éclairciffemens pour fe conduire avec habileté dans une occafion auffi délicate, ne voulut pas fe coucher qu'il ne les eût tirés de celle qui pouvoit feule les lui donner ; dans cet efprit il retourna chez la femme de Dom Pédre, accompagné de **Milord Portemhil**, qui fut bien aife que ce prétexte fe prefentât naturellement pour revoir une fille qu'il avoit pleuré fi long-tems ; Emilie étoit feule quand le Roi arriva. Keelmie s'étoit déjà retirée, & Dom Criftanval foupoit chez un des premiers Seigneurs de la Cour, & n'étoit pas encore rentré. Milord Portemhil fe chargea d'aller avertir fa fille de l'arrivée du Roi, & des raifons qu'il avoit pour l'entretenir : elle étoit couchée, & il fe paffa un tems confidérable avant qu'elle fût habillée & en état de paroître devant le Prince : peut-être auffi que la douceur de fe revoir & de s'entrete-

nir

nir avec liberté, après une si longue séparation, ne contribua pas peu à ce retard.

La conversation de la Princesse Emilie étoit trop intéressante pour que le Roi fît attention qu'on le faisoit attendre ; il aprenoit mille particularités importantes du Roi d'Espagne par sa Sœur, qui l'attachoient trop pour ne pas souhaiter au contraire qu'elle les continuât : il se proposoit bien de la reprendre le lendemain, & de profiter d'une occurrence aussi gracieuse pour pénétrer mille secrets qu'il lui convenoit de sçavoir : un Prince qui sçait gouverner ne néglige aucune des occasions qui peuvent servir à sa politique & à l'intérêt de son Etat.

La Princesse essayoit de satisfaire la curiosité de ce Prince : elle en étoit pour lors au portrait du premier Ministre du Roi son Frere, lorsque la porte de son apartement s'ouvrit brusquement : elle frémit en voyant entrer un Inconnu, portant d'une main un flambeau, & de l'autre un poignard ; il étoit suivi par quatre autres hommes armés de pistolets & de sabres. L'aparition étoit affreuse, le danger évident. O Ciel ! comment pourrai-je décrire cet horrible événement ?

II. Part.   F

A peine le Roi avoit-il entrevu le péril
dont il étoit menacé, qu'il se leva avec
précipitation ; il s'écrie au secours, il
met l'épée à la main ; en vain veut-il
conserver ses jours menacés, les assassins
l'environnent , & malgré sa valeur &
sa résistance ils le percent de mille coups
cruels.

Le sang illustre qu'on vient de répandre inhumainement ne suffit pas encore ,
une autre victime étoit recommandée :
les barbares se jettent sur la Princesse
évanouie, & sans aucun remords lui plon-
gent leur poignard dans le sein : ce n'é-
toit pas assez, les traîtres vouloient em-
porter des preuves de consommation de
leur horrible crime ; l'un coupe la tête
à Emilie & la met dans un sac , pendant qu'un autre travailloit de même
à enlever celle du Roi.

L'on a dit que l'apartement de Keelmie étoit éloigné de celui de la Princesse ; Milord Portemhil ne fut averti des
horreurs qu'on venoit de consommer que
quand il ne fut plus tems : il descend.
O monstres ! s'écria-t'il , en reconnoissant
à la lueur des flambeaux l'affreuse ca-
tastrophe , il vous faut encore une victime : il fond sur les meurtriers l'épée à

la main, & fcelle de fon fang fa fidélité
& fon attachement pour fon Roi. Il eft
affaffiné.

Tant d'actes horribles de la barbarie
la plus cruelle, ne méritoient-ils pas une
vengeance proportionnée ? Ne femble-t'il
pas quelquefois que le Ciel fufpend fes
foudres, & qu'il ménage les criminels ;
Les affaffins fe retirent avec leur fanglante
proie ; rien ne s'opofe à leur fuite : ils
reprennent le chemin par lequel ils font
venus, & courrent porter au Souverain
qui les employe, des témoignages trop
vrais du zéle affreux auquel ils fe font
dévoués.

Comment feroit-il poffible de trouver
des termes qui puiffent exprimer l'éton-
nement terrible où fe trouva Dom Criftanval lorfqu'il rentra, & qu'il fe trouva
à la porte de l'Hôtel ? En defcendant de
fon caroffe, il entrevit des traces de
fang, qui le firent frémir : un de fes
gens lui fit remarquer que les portes
étoient ouvertes. O Ciel ! s'écria-t'il,
que fignifie ce que je vois : il entre, les
premiers objets qui frapent fa vue, font
des corps morts épars triftement fur la
terre : on reconnoît les Domeftiques
d'Emilie affaffinés ; la fureur tranfporte
le jeune héros ; ces préliminaires de bar-

barie lui font fupofer des actes encore
plus cruels ; il frémit pour fa Mere , il
foupçonne confufément les motifs d'une
entreprife auffi téméraire , il vole à fon
apartement : quels affreux afpects ! il
en pâlit : la parole lui manque pour fe
plaindre ; il cherche les coupables avec
le défefpoir & la vengeance dans l'ame ;
tout eft défert , les criminels font à l'abri
de fes juftes coups ; s'il en croyoit fon
premier mouvement , il fe puniroit fur
le champ du malheur irréparable qui
l'a empêché de prodiguer fes jours pour
conferver ceux de la plus tendre Mere ; il eft fi poffédé de fa douleur, qu'il
va , qu'il vient & qu'il ne prend aucun parti.

Après avoir parcouru toute la maifon,
fon affreufe inquiétude le conduifit à l'a-
partement de Keelmie ; il y frape à cent
coups redoublés. Son aveugle défefpoir
lui fait oublier que c'eft celui de cette
jeune perfonne ; il fe perfuade que c'eft l'a-
zile où fe font retirés les meurtriers ; on ne
lui répondit point , il fe confirme dans fa
conjecture : il cherche un inftrument
pour enfoncer cette porte ; fes gens trou-
vent ce qu'il demande , fa force ne trouve rien qui lui réfifte , trois portes con-
fécutives font jettées en dedans ; il entend

bientôt des cris effroyables , & il ne reconnoît pas la voix qui les profére ; il
n'écoute que celle de fa fureur.

Il entre l'épée à la main dans la chambre de Keelmie : un More qui la fervoit s'o-
pofe à fa violence ; le défefpoir fe lit dans fes
yeux ; un coup d'épée étend l'efclave à fes
pieds , des femmes s'écrient , l'environnent ; enfin , en reconnoiffant Keelmie
profternée à fes genoux , il reconnoît fon
erreur , il frémit de fon propre courage ,
il devient immobile ; il veut parler , la
bouche lui refte entr'ouverte : que doit
penfer la craintive Keelmie de tout ce qui
vient d'arriver , de tout ce qu'elle voit ?
n'a-t'elle pas lieu de craindre que Criftanval ne veuille fe porter contr'elle aux
plus effroyables extrêmités ?

Revenant enfin à lui-même , il alloit
aprendre à la craintive fille du premier
Miniftre , les juftes motifs de fon défefpoir & de fa fureur , lorfqu'une foule
de Gardes du Roi entra avec précipitation dans l'apartement , & fe jetta fur
lui. Il veut d'abord réfifter , faire comprendre à l'Officier qui commandoit la
troupe fon erreur ; mais on le trouve
l'épée à la main , l'œil interdit , la phifionomie égarée , on le croit l'auteur
du défordre dont on vient d'être aver-

ti : on l'enchaîne, on l'enleve, & on
l'attache jufqu'à ce qu'on foit mieux inf-
truit ; on ne tarde pas à l'être : à peine
la Garde qui l'environne peut-elle empêcher qu'il ne foit déchiré en paffant
devant le peuple attroupé ; on le def-
cend dans un noir cachot, on l'y laiffe
en proie à tout ce que la réflexion peut
repréfenter à l'efprit de plus funefte &
de plus malheureux.

Un Domeftique échapé pendant les
premiers actes de la Tragédie dont on
vient de détailler les cruelles horreurs,
étoit allé au Palais chercher du fecours,
& avoit averti du danger que fa Maîtreffe
couroit : avant qu'il pût parvenir à être
introduit vers l'Officier, il s'étoit perdu
un tems confidérable, & ce tems perdu
avoit occafionné tout ce qui étoit arrivé :
on ignoroit que le Roi fût forti de fon
apartement : il s'étoit rendu chez Dom
Pédre par un efcalier fecret qui commu-
niquoit de fon Palais à la maifon de ce
grand homme ; l'Officier fut rendre compte au Capitaine des Gardes de l'avis qu'on
lui donnoit, & il dépêcha fur le champ
un détachement des Gardes fans avoir
aucun foupçon de l'importance de cette
affaire. Le Commandant du Détachement, en arrivant à l'Hôtel, ne s'étoit pof-

té que du côté où il avoit entendu du bruit ; les portes que Dom Criftanval enfonçoit l'occafionnoit ; il arrive , & le furprend l'épée à la main ; il ne doute pas qu'il ne foit l'auteur de tout le carnage dont il a entrevu en entrant les veftiges. Avant de rien ordonner , il parcourt les apartemens , entre dans celui d'Emilie , & recule deux pas d'horreur, en reconnoiffant le corps de fon Maître , de fon Roi nageant dans fon fang ; il ne peut le méconnoître à fes habillemens royaux : il cherche fa tête , il s'écrie , & en conféquence de fon effroi , l'on aprend la caufe affreufe qui y donne lieu ; tout retentit , tout gémit ; les peuples réveillés par des clameurs & des hurlemens fi légitimes, fortent de leurs maifons ; ils aprennent confufément l'acte barbare commis contre leur Souverain. En moins d'une heure le bruit de ce meurtre effroyable fe répand , il parvient enfin jufqu'au Palais , où on ignoroit encore le malheur affreux dont l'horreur retentiffoit de toutes parts.

A peine la nouvelle de la mort violente du Roi y fut - elle fçue , que la Reine, qui venoit de fe coucher, effrayée du bruit qui perçoit jufques dans fon apartement , demanda quelle en étoit

la cause. Hélas ! on ne la lui aprit que
trop tôt ; la Reine tomba en foibleffe à
cette terrible nouvelle , & elle fut plus
de deux heures fans en pouvoir revenir.

Tous les Grands de l'Etat s'affemblérent auffi-tôt dans fon apartement , &
attendoient avec une impatience extrême qu'elle eût repris l'ufage des fens: il
falloit convenir des mefures qu'on devoit
prendre dans une occafion auffi importante & auffi délicate que celle de la
mort du Souverain. On foupçonnoit une
confpiration générale de la part de l'Efpagne ; & comme on ne doutoit pas
que le fils de Dom Pédre ne fût un des
Chefs de l'entreprife , & qu'il n'eût agi
en conféquence des ordres du Roi d'Efpagne & de fon Pere , on vouloit concerter les moyens les plus efficaces pour
empêcher que le mal ne fût porté à un
plus affreux dégré.

Il fallut tout l'art des Médecins , qui
environnoient le lit de la Reine , pour
la mettre en état de préfider à ce Confeil important. Elle commença par ordonner qu'on fît le procès au traître qui
avoit confommé tant d'horreurs : elle frémit en aprenant fon nom ; elle avoit
conçu pour Criftanval l'eftime la plus

distinguée, & elle ne pouvoit comprendre qu'après l'avoir méritée, il s'en fût rendu indigne par des actes aussi noirs, & qui paroissoient si peu convenir à tout le zéle qu'il avoit montré jusques-là.

L'on dépêcha des Couriers à tous les Gouverneurs dans toutes les Provinces, pour les avertir de l'événement épouventable dont on gémissoit à la Cour, avec ordre de se tenir exactement sur leurs gardes, pendant qu'on travailloit à purger la Capitale des traîtres dont on la soupçonnoit remplie, & qui pouvoient encore s'y cacher. Des détachemens sans nombre furent envoyés à toutes brides après les Auteurs du crime. Dans la prévention où on étoit qu'ils tiroient du côté de l'Espagne, les portes de la Ville furent fermées, & on fit dans toutes les maisons des recherches exactes, après avoir publié à son de trompe une Déclaration qui ordonnoit sous peine de la vie de ne receler aucun Etranger, & de le livrer dans le jour au bras séculier.

La Reine se rendit, par l'avis du Conseil, qui lui fut donné sur le soir, à l'Assemblée des Communes, où, selon l'usage, on lui continua la souveraine autorité pour l'année seulement. (Usage qui avoit lieu pendant ce tems, à caufe qu'on fupofoit qu'elle pouvoit être groffe.) On lui nomma des femmes qui devoient la veiller nuit & jour, au nombre de neuf, pour qu'il ne pût point fe faire de fupofition d'enfant, comme cela étoit arrivé le Regne précédent ; mais à l'exception de cette dépendance, elle étoit abfolue, & fon autorité étoit la même que celle des Rois. La même loi qui donnoit cette puiffance, la lui ôtoit au bout de l'année, lorfqu'elle ne donnoit point un héritier à la Couronne ; alors elle defcendoit du Trône pour être confinée dans un Monaftere, où elle portoit un deuil éternel. Telles étoient les coutumes dans les tems reculés : elles ont changé, & à peine fe fouvient-on qu'elles ayent exifté.

Les trois premiers jours furent employés à ces arrangemens : le quatrieme on délivra des Patentes qui érigoient des Juges pour faire le procès au Criminel : le cinquiéme ces Juges s'affemblérent, & Dom Criftaval leur fut amené ; il n'y avoit que fur lui feul & fur fes gens que le foupçon fût tombé ; ils avoient été arrêtés les armes à la main, & cette confidération faifoit tout dans la terrible circonftance où l'on fe trouvoit alors,

Criftanval parut dans l'Affemblée d'un air fi tranquille, & donna de fi bonnes preuves contre l'accufation injufte qu'on ofoit former contre fon innocence, que les Juges furent extrêmement embarraf-fés de la maniere dont ils devoient fe conduire dans une affaire auffi délicate : nul témoignage ne dépofoit contre lui, nul papier, nul relation avec les Etran-gers ; les interrogations faites à chacun de fes gens en particulier, alloient toutes à fa décharge ; le tems de l'affaffinat, la combinaifon des lieux où il s'étoit trouvé, tout étoit relatif à fes réponfes, tout par-loit pour fon innocence.

Nonobftant ces heureufes préfomp-tions, il fut envoyé dans la prifon ; il n'étoit pas poffible que le meurtre fe fût commis feul, il falloit en punir l'au-teur : malheur au Fils de Dom Pédre, s'il ne prouvoit pas clairement quels étoient les Affaffins ; il avoit beau faire valoir les moyens qu'il avoit mis en ufa-ge ; auffi vainement eût-il repréfenté qu'il n'étoit pas naturel qu'il eût porté des mains parricides fur une Mere qu'il aimoit fi tendrement, rien ne pouvoit le fauver fans un miracle, il devoit s'at-tendre infailliblement à mourir d'une mort ignominieufe : la Loi décidoit fur la fimple préfomption.

La Reine, à qui l'on communiqua le même jour les défenfes de Criftanval, penfa comme les Juges que le Fils de Dom Pédre ne trempoit en aucune maniére dans les crimes dont on pourfuivoit la vengeance : elle foupira du danger affreux où étoit expofé un homme dont la valeur du Pere & la fienne même avoient été fi favorables à la Nation : fi elle avoit ofé faire envifager ces chofes, fon eftime pour le Prifonnier les auroit alléguées ; mais à la place où elle étoit, il falloit qu'elle le pourfuivît, qu'elle le fît mourir : fi elle eût écouté tout autre fentiment, elle fe feroit perdue, & feroit devenue elle-même complice de l'affaffinat du Roi fon Epoux ; telle étoit l'opinion vulgaire, que le préjugé autorifoit.

Fin de la deuxieme Partie.

9 782329 563237